AUGUSTE ANGELLIER.

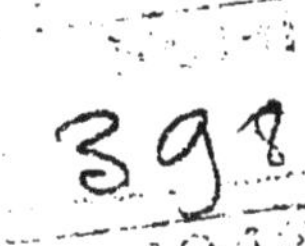

ŒUVRES POSTHUMES

TOME PREMIER

PARIS

LIBRAIRIE HACHETTE ET Cie

Boulevard St-Germain, 79.

MCMXII.

ŒUVRES POSTHUMES

Il a été tiré de cet ouvrage
25 exemplaires sur papier du Japon,
25 exemplaires sur papier de Hollande.

———

Ces exemplaires sont numérotés.

———

AUGUSTE ANGELLIER.

ŒUVRES POSTHUMES

DANS LA LUMIÈRE ANTIQUE :

L'AVENTURE DE SILÈNE ET DE PAN.
NIOBÉ.

———

POËMES MODERNES :

L'ALLÉE AUX IRIS.
LE VIEUX MENDIANT.

———

PARIS
LIBRAIRIE HACHETTE ET CIE
Boulevard Saint-Germain, 79
—
MCMXII.

INTRODUCTION

———

Dans ses derniers jours, Angellier a manifesté avec
insistance son désir que tout ce qu'il laissait de ses
œuvres fût recueilli et mis au jour par les amis qui
l'entouraient à ce moment. C'est pour répondre à
ces volontés que le groupe d'admirateurs et d'amis
qu'il a désignés s'est occupé de la publication présente.

Parmi les manuscrits qu'ils ont eu à classer,
quelques-uns leur ont paru devoir être présentés au
public tout de suite, parce qu'il n'y avait pas
d'hésitation sur l'intention qu'avait Angellier de les
publier ; malheureusement l'un d'entre eux, et le
plus important, est inachevé.

Ces manuscrits avaient déjà, du vivant d'Angellier,
été composés par l'imprimeur. On les possédait en

épreuves non corrigées définitivement, mais le travail de correction était assez avancé pour qu'on pût l'achever promptement. Ce sont eux qui paraissent aujourd'hui.

Deux d'entre eux font partie de la série : DANS LA LUMIÈRE ANTIQUE. C'est L'AVENTURE DE SILÈNE ET DE PAN, poëme qui, à lui seul, devait remplir un volume et NIOBÉ.

Les deux autres, L'ALLÉE AUX IRIS et LE VIEUX MENDIANT, étaient destinés à un autre volume commençant une série nouvelle qui aurait été dépouillée du décor antique. Les titres de cette série et de ce volume n'avaient pas encore été arrêtés.

DANS LA
LUMIÈRE ANTIQUE

L'AVENTURE DE SILÈNE ET DE PAN

Outre les communications orales de l'auteur quelques notes sous forme de canevas trouvées dans ses manuscrits permettent de fixer ainsi qu'il suit l'idée directrice du poëme et d'établir qu'il devait être divisé en quatre parties :

Dans la première, l'auteur disait la jeunesse de Silène et de Pan ; l'amitié qui liait ces deux êtres si différents l'un de l'autre : Pan, brutalement ardent, tout en instincts, et Silène, héroïque et fort mais instruit et réservé ;

— puis les amours de Silène et de Syrinx, d'un caractère élevé et pur ;

— puis le départ de Silène pour les Indes dans la suite de Bacchus ;

— et enfin, pendant l'absence de Silène, la rencontre fortuite de Syrinx et de Pan : pour échapper à Pan qui la poursuit Syrinx se jette dans le fleuve prochain. A la place où elle a disparu des roseaux croissent subitement qui se mettent à parler. Pan les coupe et s'en fait une flûte sur laquelle il traduit par des sons, où se mêle la voix de Syrinx, les ondes musicales flottant dans le monde.

La deuxième partie commençait par la description du retour de Silène dans la suite triomphale de Bacchus ;

— l'auteur devait raconter ensuite comment Silène s'étonne de ne pas revoir Syrinx et la recherche ;

— enfin cette deuxième partie s'achevait par l'épisode où Silène se trouve un jour en présence de Pan qui lui confesse sa faute et lui révèle les circonstances de la mort de Syrinx.

Dans la troisième partie l'auteur montrait comment, à partir de la disparition de Syrinx, les vies de Silène et de Pan vont se transformant dans des sens différents. Le premier cherche l'oubli dans l'ivresse et dans les amours vulgaires ; par éclairs il reprend sa lucidité d'autrefois et il a conscience de sa déchéance. Pan, au contraire, se laisse de plus en plus pénétrer par les harmonies cosmiques, mais il ne se déprend pas de son chagrin et au travers de sa musique revient toujours, comme l'écho de son remords, la plainte de Syrinx ;

— puis vient le récit de la rencontre des deux héros vers la fin de leur vie et leur réconciliation.

La quatrième partie était consacrée à la mort de Silène et de Pan.

PREMIERE PARTIE

Il n'existe de cette partie qu'un fragment du portrait de Silène jeune.

I

PORTRAIT DE SILÈNE JEUNE.

. . . .
. . . .

Nul n'était plus habile à dompter un cheval.
C'était un jeu pour lui. Le plus rude animal,
Rompu par le travail à la fois fort et juste
De ses genoux de fer et de son bras robuste,
Etait bientôt à bout de ruades, de sauts ;
Rayé d'ondes d'écume et fumant aux naseaux
Il se cabrait en vain ; s'il se roulait à terre,
Quand il se relevait, ferme sur sa crinière
Du maître impérieux il retrouvait la main,
Et rentrait hennissant, mais consentant au frein.
Silène sautait bas avec sa grâce sûre,
Caressait doucement l'inquiète encolure
De la bête vaincue et soumise à sa voix,
Sans qu'après cet effort on vit trembler ses doigts.

Puis il recommençait, et, dans une journée,
Il achevait vingt fois cette lutte acharnée,
Toujours calme et certain, et toujours amical
Dans sa caresse au col frémissant du cheval.

Il poussait aux forêts ses chasses solitaires ;
Il y tuait les lynx, les ours bruns, les panthères,
Quelquefois avec l'arc, dont il était adroit,
Quelquefois à l'épieu, quand dans son antre étroit
Il surprenait le fauve et barrait la sortie.
A peine sentait-on sa marche appesantie,
Lorsque sur son épaule il rapportait le corps
D'un jeune bœuf sauvage ou d'un grand cerf dix cors.
Certains jours, en rentrant, il saignait de la trace
De griffes, ou d'un coup de boutoir, mais sa face
Riait insouciante et l'on était certain
Qu'il ramenait alors un plus large butin :
Quelque vieux sanglier, quelque lion adulte,
Tués non pas de loin et par la flèche occulte,
Mais à longueur d'haleine et à franc javelot.
Quand il avait lavé sa blessure au clair flot,
De la bête gisante il vantait le courage,
Ainsi que d'un rival auquel on rend hommage.

Et, quand il rencontrait des brigands dans les monts,
Brigands de rocs, de gués, ou brigands vagabonds,
Par leurs talons percés ou par leurs mains liées,
Sans grâce, il les pendait à des branches pliées,
Si bien que ces rameaux tout à coup redressés
Les portaient aux vautours, hurlants et fracassés.
Mais quand il descendait, farouche, dans les plaines,
Il ne parlait jamais de ces chasses humaines.

Il aimait les enfants, les enfants l'adoraient.
Les petits lui tendaient les bras et lui riaient,
Les autres accouraient, d'une course inégale
Selon qu'un même élan laissait plus d'intervalle
Entre les petits pas, maladroits à courir,
Et les jeunes mollets que les jeux font maigrir ;
Ils s'accrochaient à lui ; ses larges mains ouvertes
Par de petites mains étaient bientôt couvertes ;
Et chacune, au milieu de rires triomphants,
Soulevait haut en l'air une grappe d'enfants ;
On voyait — son passage était reconnaissable —
Autour de ses grands pas, imprimés sur le sable,
Tout un piétinement de petits pieds pressés.
Les propos merveilleux n'étaient jamais lassés

Dont il savait charmer leurs faces attentives,
Quand, sous un olivier tout mûrissant d'olives,
Tenant les moins âgés sur ses genoux assis,
Il baignait leur jeune âme au flot de ses récits.

Et les femmes l'aimaient sans oser le lui dire.
Elles aimaient sa joie et son robuste rire,
Cette fleur de la force, et qui semble un appui
A leur race blessée, à qui les jours d'ennui
Et l'obscur désarroi que chaque mois ramène,
Apportent le souhait d'un compagnon qui tienne
Leur renaissante angoisse en sa sûre gaîté ;
Elles aimaient son corps viril et sa beauté.
Les unes pâlissaient, le regardant en face
Avec des traits ardents et tout durcis d'audace ;
D'autres baissaient les yeux sans voiler leurs rougeurs ;
Et de jeunes regards s'ouvraient comme des fleurs,
Lorsqu'on parlait de lui près des adolescentes
Qui cachaient mal encor leurs âmes innocentes.
Maintes fois, dans les prés, les monts ou les forêts,
Des Nymphes avaient su, par des sentiers secrets,
Se trouver trop souvent sur le bord de sa route,
Ou quelque claire voix, sous une verte voûte.

L'appelait par son nom dans un rire mutin,
Et près de lui tombait une pomme de pin.
Et quelques-uns encor disaient qu'une déesse,
Celle qui, près des flots, aime à tordre sa tresse,
Du geste harmonieux qui fait saillir le sein,
Avait souri pour lui ce sourire divin
Auquel ni Dieu puissant, ni mortel ne résiste,
Et qu'elle était partie, irritée, un peu triste,
Elle qui soumet tout ! de n'avoir obtenu,
Quand elle avait montré son beau corps presque nu,
Qu'un salut de respect fait des deux mains levées.
Les colombes de neige à sa voix arrivées,
Entre l'azur du ciel et celui de la mer,
L'avaient prise, et son char avait volé dans l'air,
Glissant vers l'horizon dans des chutes de roses !
Mais les hommes prudents qui racontaient ces choses
Ajoutaient que la haine et le courroux des Dieux,
Même pour les héros, sont toujours dangereux,
Et que Silène était sans crainte et sans sagesse
D'avoir bravé peut-être un dépit de déesse.

Mais lui ne voyait pas ou feignait ne pas voir,
Il semblait ignorer ce masculin pouvoir

Qui fait naître le rêve aux âmes féminines,
Et cerne d'un reflet assombri de glycines
De beaux yeux dévorés d'insomnie et de pleurs.
Il était simple et franc ; ses mots étaient rieurs,
Sa cordialité, familière et vivace,
Se jouait librement sur son masque sagace,
En propos bienveillants, joyeux et résolus,
Dont l'amour s'intimide à l'égal des refus
Tant ses timidités s'y sentent étrangères.
Le cœur d'une déesse ou les cœurs des bergères
Sentaient confusément qu'il fallait renfermer
Leur désir de séduire ou leur besoin d'aimer.

  . . . .

II

DEUXIÈME PARTIE

Il n'existe de cette partie que le dernier morceau.

II

. . . .
. . . .
Or, un jour, il était assis, au crépuscule,
Tout au bout d'une étroite et fauve péninsule,
Que quelques rocs tombés au travers du courant
Avaient, avec le temps, formée en le barrant ;
L'eau les avait aidés, roulant, dans ses caprices,
Des cailloux retenus entre leurs interstices,
Du fin gravier gardé dans les creux des cailloux,
Et du sable apporté par ses légers remous ;
Elle avait, par ses jeux, achevé leur ouvrage,
Et l'avait entouré d'une petite plage,
Juste pour que son flot y mît un fil d'argent.
Un saule y avait crû ; son feuillage changeant
Etait le frère ému et murmurant de l'onde,
Tandis que sa racine obstinée et profonde
Etait la sœur du roc immobile et muet.
Au milieu des efforts de l'eau qu'il obstruait,

Le promontoire était verdoyant de fougères
Dont le flot déformait les images légères.
Silène était assis ; sous la chute du soir
Mille rets d'or tremblaient sur le courant plus noir,
Et devant lui, parmi les pins d'une colline,
Le reflet rose et pur du soleil qui décline,
Abandonnant les troncs, éclairait les rameaux,
Et les pins allumés avaient l'air de flambeaux.
Il rêvait en songeant à la chère adorée
Et ses larmes tombaient sur sa barbe cuivrée.

Dans le large repos par cette heure agrandi,
Tout à coup, relevant le front, il entendit
Non loin de lui surgir une musique étrange ;
Des bruits divers, charmants; légers, dans un mélange
De rythmes et d'essors venaient naître et bondir.
Vainement son oreille essayait de saisir
Leur multiple chanson d'incroyable souplesse
Qui montait, variait et descendait sans cesse.
De fous serpentements de sifflements aigus,
Des lignes de sons clairs et longtemps suspendus,
Des tremblements légers de notes détachées
Qui retombaient soudain de silences fauchées,

Les fluides soupirs de la brise et des eaux,
Le frôlis délicat et confus des roseaux,
La note de cristal qui des sources s'écoule,
Le murmure amoureux qui mollement roucoule
Aux gorges des ramiers, le pur et noble envol
De l'hymne qui, le soir, jaillit du rossignol,
Le frais gazouillement naïf de l'hirondelle
Quand, revenant du sud, inquiète et fidèle,
Elle revoit sa poutre et son nid préservé,
Le chant de l'alouette au prime or soulevé,
Des cris de sansonnets, de loriots, de merles,
Des sons montant en nappe et retombant en perles,
Se mêlaient, s'enlaçaient, s'entrecoupaient entre eux,
Surgissaient l'un sur l'autre. En leurs limpides jeux
Passait et repassait la navette hardie
Et subtile d'un chant suivi. La mélodie
Dans leurs essais confus peu à peu se tissait
Et dans leurs inconstants caprices grandissait,
En elle ils s'unissaient; du fantasque prélude,
De l'enchevêtrement et de l'incertitude
Des sons, elle tirait des passages suivis,
Courts d'abord, puis plus longs, puis tout entiers ravis
Au désordre commun, puis, libre et continue,
A travers les détours de sa route inconnue,

Elle les entraînait en les réunissant.
Épanchant désormais son libre et doux accent
Elle allait ; il semblait que ce fût une plainte,
Tantôt perçante et claire, et tantôt presque éteinte,
Comme un cri douloureux recouvert par les flots.
Ce long gémissement mélangé de sanglots,
Chaque fois que le chant semblait reprendre haleine,
Devenait plus semblable à quelque voix humaine,
Tendre et triste à la fois, qui semblait émouvoir
De son cri désolé la grande âme du soir,
Flottante sous le ciel devenu d'améthyste.
Et Silène écoutait l'incomparable artiste
Qu'écoutaient, eux aussi, les arbres et les eaux,
Et pour qui se taisait tout le chœur des oiseaux.

Tout à coup, il prêta, plus inquiet, l'oreille
A la plainte ; la voix se faisait plus pareille
A la voix douce, à la voix chère, à cette voix
Qui le charmait jadis dans le secret des bois !
Il ne l'avait jamais, autrefois, entendue
Tremblante ainsi d'angoisse et de peur éperdue ;
Elle était toujours gaie et tendre gravement.
Et cependant c'est elle en ce gémissement,

C'est elle qui supplie, aiguë et douloureuse !
O colombe blessée et qui choit de l'yeuse !
O colombe qui sent l'aile des noirs autours !
C'est Syrinx appelant Silène à son secours !

Il se dressa d'un bond et sauta sur la rive,
Cherchant de quel côté venait la voix plaintive,
Et, les deux poings serrés, il marchait à grands pas.
Il aperçut bientôt, sur l'horizon lilas,
La forme du dieu Pan assis sur une roche,
Et trop distrait de tout pour sentir son approche.
Bien qu'il fût peu distant, l'ombre qui grandit tout
Le rendait gigantesque ; et du front jusqu'au bout
De ses deux pieds crispés sur un rebord de pierre,
La silhouette sombre apparaissait entière,
Au sommet d'un coteau d'asphodèles semé,
Qui gardaient, au dessus du sol inanimé,
Des restes de clartés au bout des tiges pâles ;
Quelques groupes épars de hautes digitales
Semblaient laisser tomber d'amples gouttes de sang.
Son dos nerveux arqué par son front fléchissant,
Les coudes aux genoux, de ses mains rapprochées
Pan glissait lentement sur ses lèvres penchées

Un étrange instrument où tenaient tant de voix.
Celle qui maintenant y versait ses émois
Était toujours la voix touchante et désolée
De la nymphe Syrinx ; et sa plainte exhalée
Se remplissait, de plus en plus, de désespoir.
Silène s'élança, sans que Pan l'eût pu voir,
Et, lui jetant sa main robuste sur l'épaule,
Ploya son dos puissant, comme un rameau de saule.
« Comment, dit-il, ta flûte a-t-elle pris la voix
De ma Syrinx, réponds, et quels sont ces effrois
Qui troublent son accent toujours paisible et tendre ?
Quand, dans quels lieux, comment, dis, as-tu pu l'entendre
Pour la première fois se lamenter ainsi ?
Réponds moi franc et vite, ou le poing que voici
Tombera sur ton front !».

     Le Dieu Pan vers Silène
Détourna son visage, et, sur l'épaisse laine
De sa barbe, on voyait encor briller des pleurs ;
Ses yeux jaunes de bouc, insolents et rieurs,
Avaient tant de tristesse en leur lueur éteinte
Que Silène surpris relâcha son étreinte,
Comme pris d'une vague et soudaine pitié.
Et Pan, sans redresser son dos toujours ployé,

Mais levant humblement un regard lamentable :
« O Silène, dit-il, écoute un grand coupable !
Je ne redoute pas ton courroux, je suis dieu,
Et, quoique connaissant ton bras et ce qu'il peut,
Le mien n'est pas sans force et mon cœur sans courage ;
Des fauves, comme toi, je sais braver la rage
Et je porte la peau d'un ours que j'ai dompté.
Mais je défendrais mal mon immortalité,
Quel que soit le combat qui pourrait me reprendre
Des jours abominés que je suis prêt à rendre !
Tu peux donc être sûr que je parle sans peur !
Celui qui veut mourir comme celui qui meurt
A passé les moments de mensonge et d'excuse.
Jure moi, cependant, tandis que je m'accuse,
Jure moi par le Styx que tu m'écouteras
Sans étendre la main et sans lever le bras.
Et moi, je te promets, ô Silène, en revanche,
Quand je t'aurai tout dit d'une parole franche,
Si tu veux m'insulter, si tu veux me frapper,
De ne pas me défendre et ne pas m'échapper ;
Je subirai, muet, l'outrage et la blessure ».

Silène répondit « Par le Styx, je le jure ! »

Pan reprit « Je t'aurais, moi-même, tout conté,
Silène, dès longtemps, si tu n'avais été
Absent sous d'autres cieux. Souvent, tu peux me croire.
Devançant ton retour et ta prompte victoire,
Je t'ai fait le récit dont mon cœur, soulagé
Par ces vides aveux, demeure encore chargé.
Que le Dieu clairvoyant qui punit le parjure,
Le mensonge, la fourbe et ce qui défigure
L'auguste Vérité dont le temple est en nous,
Me châtie à tes yeux du fouet de son courroux,
Que la foudre sur moi soit rapide à descendre,
Si ce que je vais dire, et toi, Silène, entendre,
Fût-ce à l'ongle du pied, blesse la Vérité !
Et je l'atteste aussi, je n'ai rien médité
Qui fût méchant, pervers, criminel ; la Fortune
A satisfait sur moi son obscure rancune ».

Silène dit « J'écoute ! » Et Pan resta muet
Un long instant ; sa lèvre épaisse remuait,
Impuissante à former le son d'une parole ;
Sa main sur son genou pendait inerte et molle.
Enfin, il dit :

       « C'était presque après ton départ.
J'errais au bord du bois, en cherchant du regard

Un lieu d'ombrage et d'eaux ; le jour était de braise ;
Sous les rameaux chauffés un souffle de fournaise
Montait du sol craqué ; l'air pâli tremblotait ;
Une étrange folie irritante excitait
Les pins, les hauts foins mûrs, les menthes balsamiques
A charger la chaleur d'effluves érotiques,
Un grand halètement brutal et chaud d'amour
Battait au pouls brûlant de la Terre ; le jour
M'avait exaspéré d'ardeurs, comme lui-même.
Semblables aux soupirs qu'ont les femmes qu'on aime,
De longs roucoulements mous et voluptueux
De palombe pamée et de ramier heureux
Faisaient de la forêt un grand lieu de caresse !
Les insectes partout s'unissaient dans l'ivresse
Et le frémissement de leurs couples bronzés ;
Et d'autres, séparés, retombaient épuisés
Heureux d'avoir usé leur moment éphémère
Dans cet embrasement et dans cette lumière.

. . . .

Au bord d'une fontaine aux voûtes de verdure,
Admirable, superbe était la créature
Qui sans doute sortait de l'onde et renouait
Ses cheveux, dont la gerbe éparse déjouait

L'effort de ses deux mains pour la tenir entre elles.
Les Nymphes, sœurs des Dieux, sont quelquefois très
Je n'en connus jamais qui pussent l'égaler !   [belles,
D'extase et de désir je me sentis trembler.
Sa robe, après le bain encor mal rajustée,
Laissait apercevoir une gorge sculptée
En courbes sans défaut dans un pur marbre blanc.
Les longs linéaments de l'un et l'autre flanc,
Sous ses bras accouplés au sommet de sa tête,
Équilibraient sa taille en amphore parfaite ;
Et, plus bas, échappant à des plis trop jaloux,
Ses jambes paraissaient à partir des genoux,
Fines, de haut mollet et de cheville droite ;
Sur le sable les pieds posaient leur marque étroite,
On les sentait légers, rapides à courir !
Des jambes de déesse, et dignes de servir
De modèle à l'image ingénue et hautaine
De Diane sortant aussi de sa fontaine !
Actéon ne fut pas plus fortuné que moi !
C'était trop ! Je ne pus refréner mon émoi.
Hélas ! les Dieux m'ont fait dans une heure impudique !
Mon vice originel s'éveille et revendique
Son droit d'être en mon sang et de me consumer !
Et j'appartiens alors à la fureur d'aimer !

J'allai tendant les bras vers ce corps adorable.
Et c'est l'instant, Silène, où je devins coupable !

. . . .

Sans doute, je l'aurais rassurée et lâchée,
Si j'avais aperçu sa face effarouchée.
Mais je n'ai pu la joindre, elle allait devant moi
Si légère, et je n'ai bien compris son émoi
Que lorsque je la vis, sur le bord de la rive,
Pousser plus loin encor sa course fugitive,
Et soudain disparaître en prononçant un nom.
Alors, crois-moi, d'un seul, d'un formidable bond,
Tel qu'il n'en fut jamais, je sautai sur la place
Où sur l'herbe courbée était encor sa trace.
Je voulais la sauver ; à peine avait-elle eu
Le temps de toucher l'eau ; surpris, irrésolu,
Mon œil, qui, tu le sais, d'être prompt a coutume,
Ne vit qu'un flot paisible et sans la fleur d'écume
Que même un si doux corps devait faire s'ouvrir.
En descendant le val, je me mis à courir.
Aucun remous, aucun frisson, aucun vestige
Du moindre émoi des eaux, et je voyais la tige
Des glaïeuls immobile en leur miroir uni.
Je cherchai jusqu'à l'heure où dans le ciel jauni

Le safran clair du soir obscurcit le feuillage.
Nul ne saura jamais, Silène, quel orage
De chagrins, de douleur, troubla mon front penché
Sur ces flots où son corps devait être caché.
Je revins me coucher à cette place même
Où, les bras élevés dans un geste suprême,
Dans ce mystère étrange elle avait disparu.
Délaissé par l'effort mon désespoir s'accrut ;
Et d'un ruisseau de pleurs ma face était mouillée.
Tout à coup, au travers de ma vue embrouillée,
Devant moi j'aperçus un bouquet de roseaux.
Ils venaient de pousser. Tout à l'heure, les eaux
Glissaient à cet endroit, sans obstacle et limpides,
Et l'inerte stupeur de mes regards humides,
Avait longtemps fixé le fond de clair gravier ;
Et ces roseaux, qu'un peu de vent faisait plier,
Etaient déjà fleuris, quoiqu'ils vinssent d'éclore.
La brise y faisait naître un murmure sonore,
Une plainte, où tremblait un accent presque humain.
Je voyais, j'écoutais, anxieux, incertain
Si je me réveillais dans un reste de rêve,
Comme lorsqu'empêchant qu'un songe ne s'achève
La première clarté du jour, entrant en nous,
Le laisse encor flotter pâlissant et dissous.

Mais la brise bientôt augmentait son haleine
Et les roseaux parlaient : « Tu diras à Silène
Que Syrinx qui l'aimait est morte en l'appelant !
Il te pardonnera, car je t'ai vu tremblant
Et tes pleurs sont mêlés au flot qui m'a reçue ».
La voix se tut. Longtemps mon oreille déçue
Attendit son retour parmi les longs roseaux.

. . . .

Silène, c'est ainsi — dans un triple malheur —
Que je connus son nom, votre amour et ma faute.

. . . .

« Il ne sera pas dit, brute vile et perverse,
Que sur ta lèvre ignoble — et dont elle eut l'horreur
Jusqu'au point d'immoler sa jeunesse et son cœur
Afin d'en éviter l'approche repoussante —
Vivra ce qui survit de son âme décente !
Cet outrage nouveau ferait rougir son front
Dans le bois funéraire, et, pour fuir cet affront
Posthume du brutal satyre qu'elle abhorre,
Elle voudrait plus loin que le Styx fuir encore.
Je ne t'ai point aimée avec un soin si pur,
O Syrinx, et toujours gardé tes yeux d'azur
De tout ce qui n'était ni généreux ni chaste,
Pour que cet être abject, à notre amour néfaste,

De sa grossière haleine entretienne ta voix,
Et fasse palpiter, au jeu vil de ses doigts,
Ce qui reste d'une âme où furent mes délices.
Toi ! que ta bouche épaisse et lourde de tes vices
Abandonne la flûte et renonce à ce chant ! »
D'un geste colérique et soudain arrachant

. . . .

Le sonore instrument aux mains de Pan surpris,
Il le tint dans ses doigts pour le mettre en débris.
Mais Pan qui, toujours triste et la tête baissée,
Subissait humblement cette injure amassée,
Comme un enfant fautif qu'un maître vient punir,
Se dressant brusquement voulut le ressaisir.
Quand son geste déçu n'eut atteint que le vide,
D'un aspect suppliant et gauchement timide,
Tendant ses grosses mains, et les genoux fléchis :
« Oh ! ne la brise pas, Silène, réfléchis
Avant de la briser pour tout (1) ; je te supplie !
Vois comme elle est fragile ! en tes doigts elle plie !
Laisse la vivre encor un instant ! Permets moi
De demander sa grâce en te disant pourquoi.

―――――――――

(1) Dans le Boulonnais « pour tout » signifie pour toujours, définitivement.

Je sais mal m'exprimer ! Cependant il me semble
Que si je te montrais ce qui dans mon cœur tremble,
Ma parole saurait peut-être te toucher !
Silène, je promets de ne pas m'approcher !
Je jure de ne pas tenter de la reprendre !
Mais ne la brise pas, Silène, sans m'entendre !
Et si je parle mal tu sauras deviner
Qu'il n'est plus rien en moi qui puisse profaner
Cette voix que tu veux à tout jamais éteindre ».

Ses mots s'interrompaient souvent pour laisser geindre
Un son, moitié sanglot et moitié bêlement,

. . . .

Le bêlement noyé du mouton qu'on égorge !
D'énormes soubresauts faisaient bondir sa gorge,
De l'eau gonflait ses yeux presque beaux du chagrin
Dont l'implorant regard des animaux est plein ;
On pouvait voir trembler ses grosses mains velues ;
Par instant un grand flot de larmes résolues
Ruisselait brusquement sur sa barbe aux poils roux,
Tant qu'il émut Silène à travers son courroux :
« Parle, fit celui-ci. Dis ce que tu veux dire ! »
Et voici par quels mots poursuivit le Satyre :

« Je ne veux pas qu'un seul de mes propres souhaits
Compte dans ma prière, ô Silène, et je fais

L'abandon de l'orgueil d'avoir frayé la voie
A de nouveaux accords, l'abandon de la joie
De les entendre naître, oublieux qu'ils sont miens.
Bien plus, si tu brisais la flûte que tu tiens,
Pour mon seul châtiment et pour mon seul dommage,
Oui ! si, décomposant son savant assemblage,
Tu tuais à mes yeux tous ses futurs concerts,
Et si tu dispersais ces débris dans les airs
En les faisant gémir d'une dernière plainte,
Malgré le désespoir dont l'éternelle étreinte
Écraserait mon cœur pour ne plus se rouvrir,
Je saurais accepter ton droit de me punir,
Je subirais, muet, soumis, ce sacrifice
Que j'ai trop mérité que ta main accomplisse.
Mais, en me châtiant ne vois-tu pas aussi,
Que, lorsque ton chagrin par le temps adouci
Voudra se retourner vers les chères journées
D'où te séparera le brouillard des années,
Tu pourras regretter et tu regretteras
D'avoir détruit toi-même, en ne m'épargnant pas,

. . . .

. . . .
Oui ! les ondes de son qui traversent le monde (1)
Passent dans mon cerveau, qui s'emplit et s'inonde
De leur vaste musique ; et ma voix, malgré moi,
Au rythme intérieur est soumise ; elle croît,
Monte avec lui, descend, tombe, avec lui varie,
Le suit dans ses détours. Mais elle se marie,
En même temps, par un mystérieux accord,
Avec ce que je sens en mon cœur, et l'essor
De mon désir, de ma tristesse ou de ma joie,
Au mouvement des sons se joint, et s'y déploie
Ravi plus haut par eux, ou par eux apaisé ;
Si bien que la musique où mon chant est puisé,
Pour m'avoir traversé, s'échappe de ma bouche
Plus tendre à certains jours, à d'autres plus farouche,
Et que je rends aux vents d'où je les ai reçus
Des sons qui sont moins grands mais qui sont plus émus.
Parfois il me paraît qu'à travers la musique,
Je sens ou crois sentir la grande âme mystique
Qui fait chanter le monde ou qui le fait gémir.
Mais c'est confusément ! Lorsque je veux saisir

____

(1) *La place de ce passage est incertaine.*

2*

Cette communion obscure en ma pensée,
Elle s'évanouit dissoute et dispersée.
Il faut, pour la revoir, que je me livre encor,
Sans vouloir la comprendre, à quelque vaste accord
Qui, versant en moi-même un peu du rythme immense,
Me balance avec lui, par delà ce qui pense
Sur le mince sommet de notre être profond,
Et mon âme est alors plus vaste que mon front.
C'est peut-être qu'un Dieu pitoyable, ô Silène,
M'accorda ce présent pour alléger ma peine,
Et, quand d'autres m'ont fait laid, brutal et borné,
M'empêcher de haïr le jour où je suis né. »

. . . .

. . . .

Et Pan s'éloigna vite en emportant sa flûte ;
Et, comme il s'éloignait marchant de butte en butte
Et suivant un chemin tout droit, on pouvait voir,
A travers le pays montueux où le soir
Avait déjà comblé les vallons de sa cendre,
Son vaste corps voûté monter et redescendre,
Disparaître dans l'ombre et remonter encor,
Haussé par les sommets jusqu'aux étoiles d'or !

Ainsi s'en allait-il. Quand il fut parvenu
A son antre, fermé d'un voile soutenu
Par deux chêneaux coupés, aux ramures flétries,
Il s'assit au dehors. Ses longues rêveries
Ne virent point passer les cortèges du ciel !
Mais lorsque le matin, de la couleur du miel,
Autour de ses grands pieds blanchit les pâquerettes,
Il approcha la flûte à ses lèvres muettes
Et se mit à jouer avec un chant si pur
Que pas un des oiseaux que le ciel moins obscur
Réveillait, en suivant leurs heures successives,
Soit aux arbres des monts, soit aux fourrés des rives,
N'osa chanter son chant, moins beau que celui-là.

. . . .

III

TROISIÈME PARTIE

Il n'existe de cette partie que les deux derniers morceaux.

III

RENCONTRE DE SILÈNE ET DE PAN

Un jour, Silène errait à travers des collines
Où l'eau, sous les buissons, chantait dans les ravines.
Les oiseaux y faisaient un ramage infini,
Car c'était la saison où se bâtit le nid,
Dans l'herbe à ras du sol, dans la roche de marbre,
Dans le buisson épais, au sommet d'un grand arbre,
Et parfois, tout auprès des humains, dans un mur.
Il les connaissait tous : son œil expert et sûr
Discernait, du plus loin, leur vol et leur plumage ;
Il savait vers quel roc, quelle herbe ou quel feuillage

Chacun d'eux s'envolait, le nombre et la couleur
Des œufs sur qui la mère étalait sa tiédeur.

. . . .

Il vit qu'il se trouvait parmi de vastes prés,
Au sommet de coteaux qui, par roides degrés
Embroussaillés, pierreux, hérissés de fougère,
Descendaient vers un val coupé d'une rivière.
Elle était calme et large et coulante à plein bord,
Sauf qu'au sortir du val elle faisait effort
A travers des rochers pour franchir une chute ;
L'écume y rebroussait sa montante volute.
Partout ailleurs, des joncs, le feuillage tremblant
Des saules s'y miraient ; le seul nuage blanc
Qui flottât dans le ciel flottait aussi dans elle.
D'un et d'autre côté, la vallée était belle.
C'était des prés coupés de vignes, de vergers ;
Des troupeaux y paissaient, gardés par des bergers,
Tantôt épars, tantôt ramassés, sur un ordre,
Par les chiens affairés qui font mine de mordre.
Plus blancs que leurs aînés, les agnelets récents
Couraient après leur mère en petits bonds glissants ;
Les bêlements montaient, et le son de la cloche
Que le pâtre aux colliers des vieux béliers accroche.

Les arbres des vergers étaient en floraison ;
Autour de chaque ormeau la vigne en feuillaison
Suspendait des festons d'un vert plein de lumière.
Des filles aux bras nus — c'était l'heure laitière —
Sur leur tête portant sans en rien laisser choir
Leur plein vase écumeux de la traite du soir,
S'arrêtaient aux bergers ! On entendait leur rire !
Silène savait bien ce qu'ils se pouvaient dire.
Au tournant où la rive en pente fléchissait,
Donnant accès au flot, un taureau mugissait,
Tout orageux de rut, vers deux belles génisses
Paissant sur l'autre bord un pré plein de narcisses.
Elles semblaient ne pas entendre son appel,
Et détournaient leur front vers d'autres points du ciel ;
Lui, les yeux enflammés, frémissant de colère,
Tantôt de ses sabots faisait voler la terre,
Et tantôt avançant dans l'eau jusqu'aux fanons
Emplissait tout le val jusqu'aux échos des monts
De son impérieux beuglement, et farouche
Secouait sur ses flancs l'écume de sa bouche.
C'était toute l'audace et l'œuvre du printemps,
Son charme insidieux, ses appels éclatants
Que toute chose suit, que nul être n'élude.
L'air était plein d'attrait et de mansuétude,

3

Quelque chose agissait qui contraignait d'aimer,
Quelque chose de doux tout prêt à s'enflammer,
Un rêve en qui soudain la passion éclate,
Calice pâle et vert d'une fleur écarlate ;
Et le monde séduit engendrait de nouveau !

Silène avait d'abord contemplé ce tableau
D'un œil qui prend plaisir à voir le jeu des choses.
Mais son esprit savait quelles forces encloses
Viennent se libérer, en baisers et en fleurs,
Des emprisonnements subis aux profondeurs
Où la racine, auprès des cristaux de la roche,
Aspire au jour comme eux, et comme eux s'en rapproche
Par des ascensions d'un temps indéfini,
Pour venir le goûter dans le duvet d'un nid,
Au sommet d'un rosier, sur le bord d'une lèvre,
Et retourner, après la minute de fièvre,
A la nuit séculaire où dort leur long désir.
Il laissait la tristesse étrange l'envahir
Qui séjourne toujours au-dessous des surfaces.
Ses yeux, aussi longtemps qu'ils restaient perspicaces,
Étaient rieurs et gais ; quand ils étaient profonds,
Soit fixés à ses pieds ou vers les horizons,

Ils étaient pleins alors d'une mélancolie
D'un rayon de pitié grave et doux ennoblie.
Bien que ce beau regard haut et méditatif,
Autrefois si fréquent dans son clair œil actif,
Sous son front alourdi fût devenu plus rare,
Et de pareils instants son esprit plus avare,
Il l'avait retrouvé........ dans ce moment.
Ce printemps généreux lui semblait inclément ;
Il songeait, le voyant à l'œuvre dans la plaine,
A la mince épaisseur de l'existence humaine,
Et, sur elle, à la mince épaisseur de l'amour,
De l'amour orgueilleux, libellule d'un jour
Sur le lac de la mort bordé de roseaux sombres ;
Où passent les aspects, les formes et les nombres,
Sur l'obscure et funèbre unité du Néant,
Lui-même est par eux seuls, car il dure en créant
Ce qui peut ressentir la terreur qui le crée ;
Son existence n'est que par être exécrée.

Ainsi songeait Silène ; et par un long retour
De la compassion que ces tableaux d'amour
Jetaient dans son esprit pour leur effort infime,
Il revenait au temps qu'il avait cru sublime
Où lui-même servait, pris aux mêmes reflets,
Le ténébreux Dessein aux éternels filets

Dans lesquels il voyait s'agiter d'autres êtres.
Les printemps de la vie et de l'air sont des traîtres !
Il se tint en pitié lui-même ; et son malheur,
Son malheur de jadis, son ancienne douleur
Lui paraissaient petits, vains, dans la petitesse
Et dans la vanité du geste de caresse
Par quoi l'homme obéit aux leurres tout puissants !
Avait-il donc souffert dans son cœur et ses sens,
Abandonné ses jours aux remous des alarmes,
Et creusé sous ses yeux ces deux sillons de larmes
Que son rire employait mais qu'il n'effaçait pas,
De tant d'essais d'oublis était-il donc si las
Pour avoir accompli, dans la saison fixée,
La tâche sans objet, là-bas recommencée,
A leur moment aussi, par tous ces inconnus,
Par les filles montrant aux gars leurs seins mi-nus,
Les gars montrant les dents de leur sourire aux filles,
Par les prés pour lesquels s'aiguisent les faucilles,
Ces brebis qui bientôt chercheront leur agneau,
La bouche pleine d'herbe, et jusqu'à ce taureau
Qui disperse sa bave et veut produire un être
Qu'attend le coutelas du boucher ou du prêtre !
Ils vont vers la douleur pour laquelle ils sont nés
Conduits par le Printemps ! Êtres infortunés !

Et celle qu'il aima jadis fut la victime
De cet instinct, si fort qu'il porte en lui le crime
Et se veut satisfait même à travers la mort,
Puisqu'il vient travailler pour elle, et qu'il en sort !
Sur ses traits retrouvés un apitoiement tendre,
Qui fit naître un sourire attristé, vint s'étendre,
Et le Silène ancien un instant reparut
Tel qu'on ne voyait plus le Silène ventru.

Il entendit un air de musique légère,
Printanière elle aussi, rompue et passagère,
Qui prenait et cessait dans le bruit des oiseaux,
Dans celui des rameaux et celui des ruisseaux.
Dès que passaient en eux ses brèves mélodies,
Leurs flottements confus de chansons étourdies.
De lente psalmodie et de chant sinueux
Paraissaient tout à coup, se rattachant entre eux,
S'unir et s'accorder autour de ce passage
De la frêle étrangère, et lui faire un hommage
Qui les soumettait tous à son rythme plus haut.
C'est ainsi que la voix d'un seul sage prévaut
Et groupe tous les cris de la place publique.
Leurs sons, obéissant à l'étrange musique,

Élargissaient son charme en y participant.
Elle était le menu lien enveloppant
Qui de leurs mille épis savait faire une gerbe.
Sa domination soudaine était superbe
D'aisance, de souplesse et de suavité ;
Elle prenait sans peine un empire enchanté.
C'est qu'elle célébrait mieux qu'eux les mêmes choses :
Elle semblait, ensemble, aller plus près des causes
Et d'un élan plus sûr mieux jouir de l'effet ;
Elle semblait savoir d'où venait le bienfait
Dont chacun d'eux chantait aveuglément l'ivresse ;
Quelque chose de sage était dans sa caresse,
De sage, de meilleur et de plus accompli,
Où plus de conscience et d'âme a tressailli.
C'était l'invention et la richesse humaine,
Qu'animait cependant et portait une haleine
Plus ample que le souffle humain, et qui tenait
De la largeur des eaux, de la force qui naît
Quand un grand bois s'émeut du grand murmure
                                    [orphique.

Dès que s'interrompait sa maîtrise magique,
Tous ces chants désunis séparaient leurs concerts,
Rameaux, oiseaux, ruisseaux redevenaient divers.

Ces airs fréquents naissaient à petite distance ;
Silène s'avança vers eux, avec prudence ;
Au bout de quelques pas muets, il découvrit
Pan ayant un rocher pour siège, et pour abri
Un grand pin parasol peuplé de tourterelles.
Le soleil poudrant d'or les iris de leurs ailes
Avivait et lustrait le riche dôme vert,
Qui de vivantes fleurs s'était soudain couvert.
Elles semblaient attendre, ardemment indolentes,
Heureuses et taisant leurs gorges roucoulantes,
Les retours de ce chant inconnu dont l'attrait
Avait hâté leur vol de la proche forêt.
Le rocher sur lequel Pan avait pris sa place
Se penchait au-dessus du val avec audace ;
Il surplombait la pente ; et les jambes du Dieu
Au vide auraient pendu, sinon qu'en son milieu
La pierre dépassait en abrupte corniche,
Large assez pour qu'un cerf y pût suivre sa biche ;
Il tenait ses pieds joints posés sur ce rebord.
Les coudes aux genoux, comme un homme qui dort,
Et les mains au menton, d'une vue obstinée
Il contemplait aussi la luisante traînée
Méandreuse de la rivière, et la blancheur,
Ouverte ou ramassée au gré du chien coureur.

Des troupeaux, et l'éclat diapré des prairies,
Et la vigne enlaçant l'ormeau de draperies,
Les filles et les gars l'un l'autre s'animant,
Et sur le bord du flot, le grand tor écumant,
Ample scène où riait la saison juvénile.
Mais il embrassait tout d'un regard immobile
Qui ne saisissait point les objets séparés,
Ses yeux verts paraissaient, sous leurs sourcils dorés,
Faits pour tout recevoir plus que pour rien atteindre,
Et le vaste tableau divers, sans se disjoindre
Sous des coups plus aigus de regard partiel,
Semblait entrer en lui, total et solennel,
Ainsi qu'un beau navire entre au port, voiles pleines.
Il accueillait ainsi des visions sereines.
Que dis-je ? Il paraissait sentir plutôt que voir,
Il prenait du printemps ce qu'il portait d'espoir,
De promesse, de joie et de tendresse immense,
Le désir confiant que chaque an recommence.
C'était l'émotion bien plus que la beauté,
Le besoin de chérir et non la volupté,
Ce qui, dans l'amour, mène à s'oublier soi-même
Plutôt que ce qui pousse à saisir ce qu'on aime ;
C'était l'élan qui force un être à se donner,
Comme l'arbre à fleurir et l'astre à rayonner,

C'était l'âme de tout en état de largesse,
Qui montaient de ce val heureux de sa richesse,
Et venaient réjouir l'âme heureuse de Pan.
Parfois un grandissant sourire, interrompant
L'attention naïve et vague de sa face,
Un sourire enfantin qui n'était pas sans grâce
Parcourait lourdement tous ses traits au hasard,
Un sourire imprécis ainsi que son regard.
On n'eût pu discerner quelle en était la cause,
Sinon quelque confuse, obscure joie éclose
De ce qu'il ressentait ou de ce qu'il voyait.

Alors, prenant soudain sa flûte, il envoyait
Un de ces airs légers, alerte, allègre et tendre,
Qu'il paraissait lui-même être surpris d'entendre ;
Il jouait, il jouait heureux : tantôt c'était
Sa flûte qui devant sa lèvre s'agitait,
Passait et repassait, volait de droite à gauche ;
Et sa lèvre tantôt, du mouvement qui fauche,
De la flûte immobile enlevait la moisson
Des sonores épis jaillis des sept sillons.
Il retroussait son front, il poussait son oreille
Pour écouter ce chant que son souffle réveille,

3*

Dont lui-même ne sait jamais ce qu'il sera.
Cet émerveillement qui toujours l'enivra
Comme d'une rencontre et d'une découverte,
Sans qu'il en fît honneur à sa main plus experte,
Le ravissait encor autant qu'aux premiers jours,
Alors qu'il promenait, avec des doigts plus lourds,
Sur sa lèvre novice un instrument rebelle.
Cette joie ingénue était touchante et belle
Sur ses traits mi-sortis de leur grossier dessin.
Quelquefois il serrait sa flûte sur son sein.
Ces airs qu'il délaissait et reprenait sans cesse
Étaient jeunes et gais ; et, si quelque tristesse
Surgissait par moments, elle occupait entier
L'un des retours du chant, sans jamais s'employer
A restreindre l'élan des reprises joyeuses.
Mais dans ce glissement de notes anxieuses
Pleurait comme un accent très lointain, très lointain
D'une voix féminine, un soupir incertain,
L'écho diminué de l'écho d'une plainte,
Telle qu'il eût fallu pour qu'elle fût atteinte
Remonter, remonter bien des ans et des ans.
Elle expirait toujours en accords apaisants.
Quand le dernier d'entre eux avait clos ces alarmes,
Au bout des cils de Pan tremblaient de larges larmes.

Silène regardait toujours grave et pensif.
Tout à coup, et son pas cessa d'être furtif,
A travers l'herbe haute et bruyamment froissée
Il marcha vers la roche où Pan, tête baissée,
Avait l'air d'écouter, d'attendre encor le chant
Qu'il ne faisait plus naître ; et son esprit absent
Ne perçut point d'abord une marche voisine.
Le thyrse au bout ferré heurtant une racine
Fit qu'un tressaillement le toucha ; mais le bruit,
Avertissant son corps, n'alla pas jusqu'à lui ;
L'éveil pourtant guettait dans l'oreille inquiète :
Un frôlement de brins lui fit tourner la tête.

III

RÉCONCILIATION DE SILÈNE
ET DE PAN

Quand il vit envers lui Silène s'approcher,
Pan, d'un choc instinctif, fit geste de cacher
Sa flûte bien aimée et maintenant divine
Sous ses deux bras tremblants, croisés sur sa poitrine.
L'angoisse avait été, jadis, si forte en lui
Qu'encor que bien des ans et des ans eussent fui,
Elle était dans sa chair toute prête à renaître,
Comme ces coups profonds qui restent dans notre être
Et ne s'effacent plus que quand il se dissout.
On voyait son sang battre aux veines de son cou,
Des gouttes de sueur tombaient de son visage,

. . . .

Un tremblement heurté secouait sa poitrine
Qui pourtant s'amassait autour d'un bond, pour fuir.
Dans sa face hâlée et rude comme un cuir

Ses yeux devenus beaux, étranges de jeunesse,
Priaient et se mouillaient de l'ancienne détresse
Qui jadis avait su fléchir son ennemi.
Mais il restait muet, comme interdit parmi
La peur inopinée autour de lui surgie,
Quoiqu'au fond de ses yeux un éclair d'énergie
Montrât qu'il défendrait sa flûte, son trésor,
Jusqu'au bout de sa vie et jusque dans la mort.
Il attendait tremblant.

       Levant la main, Silène
Fit le geste apaisant et court qui rassérène
Plus vite que les mots, plus vite et de plus loin.
Il avançait, marchant à travers le haut foin,
Et jusqu'à ses genoux montaient les graminées,
. . . . les flouves carminées,
Qui mêlaient des flocons de pollen aux rayons.
Du remûment des fleurs sortaient des papillons,
Des insectes de bronze et d'or, des libellules,
Des abeilles ; des tas serrés de renoncules
Rouges formaient parmi les herbes des îlots ;
Et Silène avançait comme à travers des flots,
Il venait lentement et sa marche était lourde.
Rejetant par instants en arrière sa gourde

Qui revenait toujours ballotter devant lui ;
Un long thyrse pampré lui prêtait un appui.
Pan, lorsqu'il put mieux voir et discerner sa face,
Comprit qu'elle était grave, et triste et sans menace.
Mais il restait toujours dans son geste effrayé,
Il gardait ses regards craintifs, un peu ployé
En avant par ses bras serrés dans leur étreinte.
Et Silène, à son tour, apercevant sa crainte :
« Ne redoute plus rien de moi, Pan, lui dit-il,
Ne redoute plus rien. Nous sommes en exil
Sur le sol solitaire et sec de la vieillesse,
Loin des cieux disparus où fut notre jeunesse.
Comme des citoyens de la même cité,
Autrefois opposés, dont le sort est jeté
Par la même infortune en la même île triste,
Aiment à parler d'elle, et plus rien ne subsiste
De leur ancien conflit dans leur regret commun,
Ainsi, Pan, est venu le moment opportun
Où nous pouvons parler, sans rancune et sans haine,
De nos temps abolis. L'âge a faite sereine
La douleur qui jadis nous avait divisés.
Nos émois d'autrefois, maintenant apaisés,
N'ont plus en nous laissé qu'une même tendresse ;
Pour chacun de nous deux, c'est la seule richesse

De nos vieux cœurs de tant de choses détachés !
Seuls nous la possédons, par elle rapprochés.
Quand l'un de nous choira du jour dans l'ombre noire,
La moitié périra de la chère mémoire
Dont seuls nous connaissions la force et le bienfait.
Que ce soit son plus noble et son suprême effet
Que, réconciliés pour qu'elle vive encore,
Nous l'aimions, tous les deux, dans le cœur qui l'honore
Et que nous honorions le cœur qui la chérit.
Cela fait, dès longtemps, que Silène a nourri
Le projet de venir près de Pan et d'apprendre
S'il voudrait lui parler, voulant d'abord l'entendre. »

Pan semblait travaillé d'un effort douloureux :
Dans ses bons yeux naissait quelque chose d'heureux,
Au fond de l'innocence et de la candeur pure
Qui les avaient remplis d'une eau claire, à mesure
Que la boue impudique et jaunâtre y mourait.
Ses lèvres recherchaient un son, il respirait
Dans un halètement qui brisait son haleine.
Quelquefois il levait sa face vers Silène,
Pour abaisser bientôt son regard et son front.
Puis il laissa — tirant un long soupir profond. —

Retomber une main en travers de ses cuisses,
Quand l'autre maintenait sa flûte aux tuyaux lisses
Serrée étroitement contre son sein velu.
    Silène, devinant combien il eût voulu
Parler et qu'il cherchait vainement son langage,

. . . .

D'un œil malicieux et d'un croissant sourire
Attendait, amical, comment il allait dire
Ce que son lourd cerveau rétif élucubrait ;
Il s'amusait à voir quand il y parviendrait.
A la fin, Pan, dressant un peu sa tête rousse,
Dit simplement avec une voix rauque et douce ;
« Silène ! Parle moi ! Dis moi ce que tu veux !
« C'est, depuis bien des ans, le plus grand de mes vœux
« Que d'entendre ta voix si longtemps ignorée ;
« Contre mon long souhait, l'heure en fut différée.
« Dis moi ce que tu veux : Silène, parle moi !

    Il se tut et, semblant dominer son émoi,
Il tourna lentement, comme lorsqu'on implore,
Ses yeux, où la prière était parlante encore,
Vers Silène pensif qui ne souriait plus,
Et qui lui dit en mots presque aussitôt émus :

. . . .

« O Pan, nous sommes vieux ! L'âge nous a changés
Depuis que devenus l'un à l'autre étrangers
Nous avons emmené, chacun de nous sa vie,
Par le même malheur distraite et poursuivie,
A travers les hasards de chemins différents.
Je viens de t'écouter, ô Pan ! Si je comprends
Les soupirs et la voix qui, dans cette minute,
De leur mélancolie ont animé ta flûte,
Le chagrin d'autrefois persiste dans ton cœur,
Comme il vit dans le mien ; et le Temps n'est vainqueur
Ni de ton long remords, ni de ma longue angoisse.
Et, bien que la vigueur de notre sang décroisse,
Bien que moins chaudement nos muscles et nos os
Reçoivent son flot pourpre, et que tous les échos
Du monde en nous, qui font notre âme par leur suite,
Dans nos cerveaux plus sourds retentissent moins vite,
Moins vite, moins souvent et moins profondément,
Je crois que, dans nous deux, jusqu'au dernier moment,
Restera toujours pure et dans sa première heure
Celle à qui tu pensais et celle que je pleure.

Mais, hélas ! que notre être est débile et changeant !
Et comme c'est souvent un affront affligeant
Que de nous retourner vers une ancienne peine,
Telle qu'elle éclata dans sa beauté hautaine,

Et de la comparer à ce qu'elle est en nous !
Et qu'il est rare, ô Pan, le cœur assez jaloux
De ses pleurs pour haïr tout ce qui les soulage !
Sans doute, j'ai gardé la chère et chaste image
Dans un coin de mon cœur qui resta respecté,
Et rien n'a pénétré jusqu'à la piété
Du culte dont j'ai su protéger le mystère.
Mais j'ai laissé souiller l'abord du sanctuaire :
Je n'ai pas su chasser et fouailler ces jours,
Chiens aboyant après leur ration d'amours,
Dont la saison ardente exaspère la meute ;
Je n'ai pas su dompter et disperser l'émeute
Des rêves, des désirs de tiédeur, des besoins
De tenir quelque chose entre nos deux bras joints ;
Je n'ai pas dominé la plainte ou les colères
Des ennuis révoltés, ou des jours solitaires ;
J'ai fait mauvaise garde et lâchement livré
Tout le reste de moi, hormis ce coin sacré.
Mon crime est pire encor ! Faut-il que je t'avoue
— Puisque devant tes yeux mon bras vieilli secoue
Toute mon existence et son rameau flétri, —
Par quelle indignité mon âme se déprit
Des fiertés d'un chagrin qui te fut tutélaire !
Ce fut pour l'oublier, ce fut pour en distraire

Mon cœur saignant, trop lâche à garder son trésor,
Ce fut pour acheter la minute où s'endort,
Quel que soit le réveil, l'obsédante torture,
Ce fut par une double et sacrilège injure
Que j'avilis le cœur que Syrinx chérissait ;
Tel que, si maintenant elle reparaissait,
Elle n'aurait pour lui que dégoût, et moi-même
Je n'aurais qu'à courber mon front honteux et blême
Sous ses yeux affligés, passant sur mon débris.
Car n'ai-je pas, ô Dieux, mérité son mépris ?
J'ai dans son souvenir pris semence de vices ;
Son charme, sa splendeur, j'en ai fait les complices
De mon ignominie. O ma Syrinx, c'est toi
Par qui je me rendis indigne de ta foi !
Et j'ai fait de mes pleurs la source de ma honte !
Ah ! Quel regard au fond de ma chute m'affronte !
Est-ce que mon infâme opprobre t'apparaît ?
Mon bras a châtié jadis plus d'un forfait
Moins lâche que d'avoir fait naître ma souillure
De celle qui mourut pour me demeurer pure ! »

Silène s'arrêta, car sa voix s'étranglait,
Il serrait d'une main le thyrse qui tremblait,

Son autre main était fermée et menaçante,
On la sentait encor redoutable et puissante.
Pan le considérait surpris, presque alarmé ;
Mais Silène reprit, s'étant un peu calmé :

. . . . .

« Je te révèle, ô Pan, ce que nul n'a connu ;
Pour la première fois, je mets mon cœur à nu,
Ce cœur que j'évitais de regarder moi-même ;
Je me suis ajouté l'amertume suprême
Que cet aveu fût fait, entre tous, à celui
Par l'exemple de qui je pouvais m'être instruit
Comment à sa détresse on doit rester fidèle.
Tu l'as gardée entière et tu l'as faite belle,
O Pan ! J'ai pu savoir et viens d'entendre encor
Par quel inviolable et quel pieux accord
Ton être et ta douleur l'un dans l'autre vécurent.
Mémorables et forts les cœurs dans lesquels durent.
Comme aux antres sacrés, les voix du désespoir
Et l'écho d'un remords ! Depuis l'horrible soir,
— O Pan ! tu t'en souviens — où nous nous séparâmes.
Qui mit un séculaire abîme entre nos âmes,
Toi seul à ton tourment es demeuré loyal.
Tu compris qu'il devait, solitaire et fatal,

De son règne tragique occuper tout ton être ;
Tu lui livras ton cœur consacré ; comme un prêtre
Veillant sur un trésor par un Dieu confié,
Pour le conserver pur, tu t'es purifié.
Et c'était un trésor divin que son image !
O vieux Faune, toi seul as mis à noble usage
L'infortune dont seul tu respectas la foi.
Elle pouvait encore être plus noble en moi !
Vers toi donc qui portas ta douleur et ta faute
Si haut que ton effort rendit ton âme haute,
Et que tu t'es fait grand pour garder leur grandeur,
Moi qui n'avais pourtant qu'à porter ma douleur,
Et ne m'en suis servi que pour fléchir sous elle,
Je viens pour effacer notre ancienne querelle,
Et pour te proposer d'être amis désormais.
Ce que tu répondras, ô Pan, je m'y soumets,
Que tes mots me soient durs ou ta parole bonne.
Ne crois pas que je dise, ô Dieux ! que je pardonne !
J'ai trop démérité le droit d'user ce mot :
La figure sacrée, en mon cœur indévot,
Fut d'un trop long affront par moi-même outragée !
Celle que ma faiblesse infâme eût affligée
Plus que la mort, comment pourrais-je encore oser
Parler de son offense, et comment accuser

Un crime infortuné que le mien outre-passe !
Mon reproche vivant ne laisse point de place
Au reproche expirant que contient un pardon !
Que dis-je ! Il tournerait contre moi son affront !
Je ne sais de pardon qu'un seul, et qui me vienne !
Hélas ! il siérait mieux de ton âme à la mienne !
Pour avoir moins souffert j'ai plus à consoler !
C'est d'oubli seulement que je veux te parler.
O Pan ! nous sommes vieux ! notre fin est prochaine ;
La grâce des vieillards est d'ignorer la haine,
Et, parmi tant d'oublis, d'oublier le méchant.
Le ciel qui se fait clair sous le soleil couchant
Est prêt à recevoir la nuit avec noblesse.
La vie, en s'écoulant hors de nous, ne nous laisse
Rien qu'on doive haïr et peu qu'on puisse aimer !
Permets à nos deux soirs en paix de se fermer !
Loin par derrière nous, la cascade fougueuse
Des jeunes passions se perd, faible et brumeuse,
A travers le brouillard des ans intervenus !
Nous étions possédés des pouvoirs inconnus
Qui, se servant de nous, font et défont la vie ;
Tous deux nous nourrissions leur force inassouvie.
Que ceux-là, dans le val, nourrissent à leur tour !
Notre rêve immortel n'était qu'œuvre d'un jour,

Et, l'ouvrage accompli, nous délaisse le rêve !
Hélas ! qu'il est fugace et que son heure est brève !
Il passe à d'autres mains comme passe un flambeau !
Et dès alors la vie appartient au tombeau,
Sa joie et sa ferveur commencent de s'éteindre !
Qui pourrait retenir maintenant de se joindre
Deux mains qui, se tendant vers lui pour le saisir,
Se blessèrent, distant et tremblant souvenir !
Le flambeau s'éloigna ; l'ombre est faite en notre âme :
Parmi. d'autres humains il promène sa flamme,
Parmi d'autres humains qui le garderont peu !
Tel est l'ordre du monde ou le vouloir du Dieu !
*   Ami, que réponds-tu ? Laissons notre vieillesse*
Oublier ce qui fut : imitons la noblesse
De ces jours tourmentés qui s'apaisent le soir,
Et laisse auprès de Pan Silène se rasseoir,
Comme quand ils causaient, au pied des noirs pilastres
Des grands pins où la nuit faisait passer des astres.»

. . . .

. . . . *A mesure*
Que Silène parlait, Pan faisait un effort
Pour approcher, pour suivre et pour saisir le bord

Du sens qu'il essayait vaguement de comprendre.
Ce qui le pénétrait plutôt c'était d'entendre
L'inflexion, le ton des mots et de la voix.
Un tremblement léger remuait ses grands doigts.
Il fut pris peu à peu d'un vertige de joie,
D'étonnement heureux qui charme et qui rudoie
Parce qu'il garde encor un mélange de peur,
Et que chaude à la fois et froide est la sueur
Qui coule au front touché par l'un et l'autre trouble.
L'émotion de Pan était confuse et double,
Mais son être penchait vers le meilleur émoi,
Et le soulagement l'emportait sur l'effroi.
Lorsqu'il vit, à la fin, Silène lui sourire,
Il sembla possédé par un soudain délire.
Ses pieds crispés frottaient la terre, mais ses yeux
Immobiles, d'instant en instant plus heureux,
Demeuraient suspendus au regard sans menace
De Silène railleur, débonnaire et sagace.
A la fin il voulut s'exprimer, mais les mots
Ou ne se formaient pas dans sa tête en chaos,
Ou trouvaient sur sa lèvre agitée un obstacle.

. . . .

On eût dit la gaîté d'un verger plein d'oiseaux,
Quand, au printemps, rentrés de par delà les eaux,

Tous ceux qu'avaient chassés les froidures cruelles,
Heureux, ivres, criant, chantant, battant des ailes
Retrouvent les anciens compagnons qui, l'hiver,
Aux creux d'une muraille ou d'un arbre, ont souffert
La famine et le gel et la neige et la bise.

. . . .

A travers les pommiers fleuris et les cytises
Ce ne sont que saluts, que rencontres, surprises,
Qu'appels de bienvenue et qu'échanges d'accueils.
Mésanges, martinets, rouge-gorges, bouvreuils,
Pinsons, chardonnerets, tarins, verdiers, fauvettes,
Merles, grives, mauvis, linottes, alouettes,
Passereaux, loriots, farlouses, sansonnets,
D'une commune ivresse éblouis, fascinés,
Se mêlent dans les airs, sur les branches s'attroupent,
Croisent, de toutes parts, des cercles qui se coupent,
Se mêlent confondus, en nuage assemblés,
Et d'autres, çà et là, deux par deux accouplés,
L'un en face de l'autre et les ailes battantes,
Volètent, tressaillant de secousses ferventes.
L'air léger se remplit de clairs roucoulements,
De cris, de gazouillis, de ramages charmants
De sifflements joyeux, de babils, de fusées.

. . . .

S'arrêtant tout à coup, Pan releva les yeux
Vers les yeux devenus bons et malicieux
De Silène appuyé, des deux mains, sur la hampe
De son thyrse obliqué contre lequel sa tempe
S'inclinait en pressant les tours de pampre vert.
Et le regard de Pan disait : « Vois ! J'ai souffert !
Mais ton retour aussi me rapporte la joie ;
C'est elle que ma flûte à t'exprimer s'emploie,
Puisque je ne sais pas trouver mes mots trop lents
Pour te dire mon cœur tout remué d'élans ! »
Ainsi regarda-t-il un instant vers Silène !

Alors ayant repris une profonde haleine,
Et secouant sa flûte humide, il la plaça
De nouveau sur sa lèvre et, penché, commença
Un chant tout différent ; et rien que le prélude
Eût fait venir des pleurs au regard le plus rude,
Tant il était touchant et pur. Les nuits d'été,
Dans le cœur du grand bois par la lune enchanté,
Le rossignol n'a point de notes plus suaves,
Plus pures à la fois par le son, et plus graves
Par une émotion que contient ce son pur,
Sans qu'on puisse jamais savoir quel charme obscur

Fait tenir tant de cœur dans une seule note,
Ni comment un émoi presque immense sanglotte
Dans un trait où la voix semble encor s'essayer.
Ce prélude bientôt commence à déployer,
Sur des accords formés, une mélancolie
A qui tant de tendresse et de souhait se lie
D'un tel entraînement, d'un tel enlacement,
Nuptial, chaste et fort, qu'il en sort un tourment
Délicieux ensemble et douloureux pour l'âme.
Il met dans un rayon d'étoile tant de flamme,
Dans un rayon de rêve il met tant de désir,
Que mille cris ardents sont moins que son soupir.
Comme dans un éther de passion, y vibre,
En onde lumineuse, inépuisable et libre,
L'amour universel qui, traversant les cœurs,
Leur prête leur instant de joie et de douleurs.
Aussi ce chant sublime avait plus de puissance
Que tous les chants humains dont il semblait l'essence,
Que tous les chants humains inspirés par l'amour.
Mais lorsqu'il eut plané d'un assez long séjour
Dans cette région lumineuse et divine
D'où l'émoi d'ici-bas reçoit son origine,
Comme pour s'y munir d'abord de chasteté,
De beauté, de grandeur et de sérénité,

Il sembla lentement, noblement redescendre
Aux formes d'ici-bas, et d'un mouvement tendre,
Progressif, hésitant, chercheur, se rassembler
Autour de l'âme humaine, autour d'elle trembler,
La pénétrer enfin, continuer en elle
Son charme où lentement un peu de voix mortelle
Entrait et se mêlait avec son propre accent.
Cette voix, dont la part allait en s'accroissant,
Apportait, épanchait avec soi quelque chose
De plus précis, l'angoisse en un seul être enclose,
La palpitation, les battements humains.
Elle allait s'unissant à ces accords divins
Dont elle recevait les vertus ; à mesure
Qu'elle entrait davantage en eux, la créature
Chantait à l'unisson du principe éternel !
Bientôt elle remplit le rythme solennel,
Elle l'avait conquis, mais il restait son maître,
Elle suivait son onde au point d'y sembler naître.
Si bien que s'épousaient dans un unique essor,
Toute la profondeur de ce qui sent la mort,
Et toute la hauteur de ce qui fait la vie.
Et Silène écoutait, l'oreille inassouvie !

Puis cette voix humaine encor se précisa,
Le son particulier d'une ame s'infusa
Dans ce chant qui changeait tout en restant le même ;
Ce qui fait que les mots, que les seuls mots : « je t'aime »
N'eurent jamais, depuis qu'ils s'élancent du cœur,
Deux fois le même son, ni la même ferveur.
O merveille, la voix était la voix charmante
De Syrinx, de la belle, inoubliée amante,
Qui vivait sous le front ridé des deux vieillards.
Des larmes tout à coup mouillèrent leurs regards,
Mais les yeux clairs de Pan étaient seuls dignes d'elles,
Et les pleurs de Silène, en noyant ses prunelles
Reposaient sur un fond impur et fatigué.
C'était sa voix, c'était son cristal prodigué
Autrefois dans ses chants, ses appels, et son rire,
Versé plus doucement quand il voulait séduire
En chers mots qu'il faisait en outre harmonieux,
Si frais encor au fond des soupirs amoureux,
Et qui fut si vibrant quand, près de la rivière,
Il jeta le grand cri d'horreur et de prière
Qui résonnait toujours dans l'oreille de Pan.
Il sent sa main trembler et sa flûte suspend
Sa chanson sous sa lèvre un instant indécise.
Dès qu'il a, d'un sursaut, surpassé sa surprise,

. . . .

Le crépuscule avait envahi la vallée :
Par la lente vapeur d'elle-même exhalée
La rivière traçait ses détours dans les prés ;
Quelques grands peupliers, à leur cime éclairés,
Dressaient leur long feuillage au-dessus de la brume ;
Un rocher, çà et là, comme un feu se consume,
Plus ardent un instant, pâlissait tout à coup,
Et se couvrait de cendre ; et les cris du hibou
Saluaient, répétés à chaque flamme éteinte,
L'approche de la nuit où cesse la contrainte
Que le soleil impose à ses yeux éblouis.
Les spectacles du val s'étaient évanouis,
Les troupeaux, les travaux s'étaient perdus dans l'ombre,
Ainsi que sur le pont d'un grand vaisseau qui sombre.
La crête des coteaux finit par s'obscurcir,
La dernière clarté du jour sembla s'enfuir
D'un bond au fond du ciel, où ses longues traînées
Par les bras ténébreux du soir étaient glanées ;
Il n'en restait épars que quelques épis d'or
Sur un nuage noir dont ils marquaient le bord.

Les deux vieillards muets avaient laissé descendre
L'obscurité sur eux, sans la voir, sans entendre

Le grand repos se faire à travers champs et bois.
Soudain un rossignol, faisant jaillir sa voix,
Un rossignol lointain s'empara du silence
Et l'émut tout entier de sa triste cadence.

L'un à côté de l'autre et se tenant la main,
Sans parler, de la plaine ils prirent le chemin ;
Au-dessus des taillis, leurs deux grandes figures
Descendaient les versants des collines obscures.
Dans le nocturne azur, devant eux, s'allumaient
Des points d'or, et ces points, se complétant, formaient
Les constellations qui révèlent le monde ;
Car le jour est borné, la nuit seule est profonde.

IV

QUATRIÈME PARTIE

La mort de Silène et de Pan.

IV

LA MORT DE SILÈNE ET DE PAN

Les demi-dieux n'ont pas de jours illimités,
Leur vie a plus d'ampleur, comme leurs facultés,
Leurs ans et leurs pouvoirs outre-passent les nôtres ;
Ils sont plus grands que nous, mais il ne sont point
[autres.

Ils deviennent plus tard désenchantés et vieux,
Ils arrivent pourtant aux suprêmes adieux
Que tout être qui vit et qui prévoit redoute,
Et se couchent enfin, défaillants, sur la route
De l'immortalité dont les Dieux sont jaloux.
Leurs grands corps glorieux sont épars et dissous
Dans le levain profond d'où surgissent les choses,
Et leurs âmes peut-être, en leurs métempsychoses,

Vont former les vertus, le génie ou les vœux
Par qui quelques humains se rapprocheront d'eux.
Ainsi, Silène et Pan atteignirent le terme
Où, rejoignant ses bords rapprochés, se referme
La déchirure d'or, de lumière et de bruit
Qu'est la vie en l'obscure étoffe de la nuit.

Silène le premier mourut. Toujours sagace,
Il sentit dans sa chair la lointaine menace,
Et, mesurant en lui les progrès de la mort,
Savait l'espace exact qui lui restait encor.
Il disait fréquemment : « A tel jour, à telle heure
« Aura cessé Silène ; il convient que je meure
« Lorsque les vendangeurs écrasent les raisins.
« Quand la Bacchante est folle, et se frotte les seins
« De la pourpre grisante et chaude de la lie. »
Ses paroles avaient une mélancolie
Qui, derrière son rire, arrivait de sa voix.
Il resta jusqu'au bout bienveillant et narquois,
Poursuivant d'un propos plaisant et d'une œillade
Amicale la jeune et lascive Ménade
Qui passait en dansant et jetait un bonjour.
L'outre pleine gisant près de son ventre lourd,

Il discourait parfois sur de sublimes choses,
Comme quand, ligotté de guirlandes de roses,
Il chanta pour la Nymphe et ses deux compagnons
Les principes du monde et leurs travaux profonds.
D'autres fois, il tombait dans de très longs silences,
Ses yeux fixes perdus au fond de souvenances
Qui, par delà des ans et des ans, l'appelaient ;
Ou suivant des pensers obscurs qui reculaient
Au bout des quelques jours de bruit et de lumière
Qui restaient pour qu'il eût usé sa vie entière.
Tous gardaient un respect autour de ces moments !
Il sortait, tout à coup, de ces éloignements ;
Dans sa coupe de buis d'un pampre d'or cerclée
Il faisait rejaillir de son outre gonflée,
En la pressant du bras dont il la caressait,
Un large flot brillant et rouge ; il le versait
Dans son gosier où plus de vin a pris sa pente
Qu'en aucun des gosiers de la race géante
Des Cyclopes n'entra d'eau limpide et de lait.
Sa rasade achevée, il la renouvelait,
Avec plus de lenteur qu'il n'avait eu coutume ;
Et l'outre, sous son bras, décroissant de volume,
Se collait à ses flancs en creux plus amoureux.
Il reprenait alors son verbe insoucieux.

Quelquefois il faisait venir à lui son âne,
Et d'un doigt familier lui caressait le crâne
— En lui disant des mots connus pour le louer —
Sur l'endroit où le cuir sensible fait jouer
Aux oreilles leur jeu de plaisir ou d'alerte.
Avant d'abandonner sa bonne tête inerte
A la main caressante, il fallait qu'un braiement
Repris à maintes fois dans un grand tremblement
Auquel toute la peau frissonnante s'emploie,
Laissât l'âne exprimer, à sa façon, sa joie
De revoir le vieux maître un peu lourd, mais très doux
Et dont jamais le bras levé pour d'âpres coups
Ne fit ciller ses yeux craintifs, sous la menace.
Alors, avec la mine humble, calme, un peu lasse
Que conservent toujours les ânes même heureux,
Avec son regard doux, obscurément peureux,
Patient, sans bouger, même si quelque abeille
Lui venait, bourdonnant, effaroucher l'oreille,
Il laissait le vieillard lui tapoter le cou,
Lui prendre les naseaux, ou d'un brin de bambou
Lui rebrousser le poil sur les flancs et l'échine.
A peine penchait-il, de manière câline,
Sa tête de côté, pour rencontrer la main.
Silène lui tenait un propos indistinct,

Lui reprochant parfois quelque ancienne malice,
Mais vantant son pied sûr et louant son service.
Et l'âne l'écoutait, sans comprendre toujours ;
Il discernait le sens général du discours,
Un contentement vague en lui naissait sans doute ;
Du moins avait-il l'air qu'on a quand on écoute.
Silène, ayant voulu le rendre plus humain,
L'avait rendu gourmand et friand de raisin ;
Il ne manquait jamais de lui donner des grappes,
Et tandis qu'il mangeait, par de légères tapes
Semblait l'encourager dans ce vice nouveau.
L'âne comprenait mieux. Enfin un satyreau
L'emmenait à la longe, et la paisible bête
S'en allait en tournant vers son maître la tête ;
Et son grand œil grisâtre et pensif contenait
Plus d'amour que mainte âme humaine n'en connaît.
Silène poursuivait longuement son éloge ;
Du rang que notre race imparfaite s'arroge
Il riait ; dans l'instinct à l'aspect endormi
De ce vieux compagnon qu'il nommait son ami,
Il découvrait des traits de sagesse profonde :
Qu'un obscur animal, plus on l'observe, abonde
En sens mystérieux de mutisme voilés ;
Que nos minces esprits dans leur verbe étalés

Ignorent ce que peut comprendre le silence,
Car il faut le grelot des sons à leur science ;
Ils en ont seulement ce qui tient dans un bruit,
Et se taire est pour eux ce qu'est aux yeux la nuit ;
En pensers sans langage une bête médite,
Et son rêve inconnu, libre de la limite
Où la frange des mots se débat et palpite,
Sur les fonds infinis ne s'est pas refermé.
Qu'est-ce qu'un peu de noms près de l'inexprimé ?
Et le moindre animal est un immense arcane !
    Ainsi parlait Silène à propos de son âne.
Un jour, l'ayant suivi de regards plus émus,
Il dit au satyreau qu'on ne l'amenât plus.

Quand arriva le temps où la dernière grappe
Est mûre, où le marteau des bruns vignerons frappe
Les cercles de la cuve, afin de resserrer
Les douves où le vin suintant viendra pleurer,
Où le tresseur d'osier répare les corbeilles
Et les paniers garnis de leurs doubles oreilles
— Car trois filles ainsi peuvent en porter deux —
Où des chars de vendange on graisse les essieux,
Silène reconnut que son terme était proche.
Et le jour où le chef des vignerons décroche,

Parmi filles et gars rangés autour de lui,
La prime grappe offerte au Dieu qui la produit,
En récitant tout haut la formule sacrée,
Silène reconnut qu'une mince poudrée
D'instants était encore entre ses doigts tremblants.
Il demanda qu'ont vint repousser sous ses flancs
Son outre au matin pleine et déjà d'un tiers vide,
— Et sa voix était ferme et son regard lucide —
Pour redresser un peu son vieux corps affaissé.
« Voici le jour venu que j'avais annoncé !
Dit-il, je vais, amis, rentrer dans le mystère
Où tout ce qui pullule et fleurit sur la terre
Touche par sa racine et retourne à la fin.
Rappelez vous Silène, amis, lorsque le vin
Au rebord des cuveaux fumera chaque année.
Ne laissez pas alors ma tombe abandonnée,
Mais venez y verser le premier flot pourpré.
Que votre vieil ami ne soit jamais frustré
Du calice écumeux de la jeune vendange !
Quand vous le répandrez, récitez la louange
De Bacchus, de mon maître et mon consolateur !
Il m'a fait le présent qui chasse la douleur.
Ne croyez pas, amis, que la face qui raille
Prouve un cœur satisfait; retournez la médaille

Vous lui verrez parfois un revers moins heureux ;
Pour celui qui le rit, son rire est souvent creux.
Aux temps dont vos aïeux n'avaient plus la mémoire,
Silène a plus souffert que ne le sauraient croire
Ceux qui l'ont connu tel que ses chagrins l'ont fait.
C'est alors que Bacchus m'accorda le bienfait
De verser dans mon sang l'allégresse des vignes !
Il vint, il secoua mes tristesses malignes,
Il leur a barbouillé le visage surpris
De la pourpre des moûts, de la rougeur des ris ,
Et, les coiffant de pampre, il a su les contraindre,
A se changer en joie ou, peut-être, à le feindre.
Que si quelque chagrin quelquefois mutiné
Tentait de se montrer, aussitôt malmené
A coups pressés de thyrse et ligotté de lierre,
Bacchus avait bientôt réduit le téméraire
A montrer la gaîté qu'il veut autour de lui.
C'est ainsi qu'en Silène il a frappé l'ennui.
La vie est chose obscure, inclémente et farouche ;
Il a gardé le rire alerte sur ma bouche,
Il a gardé mes pleurs enfermés dans mes yeux,
Par lui, mon corps du moins fut gaillard et joyeux.
    Au besoin de bonheur qui travaille notre âme,
Il donne l'étincelle à défaut de la flamme !

Grâce à lui, quelquefois, le passé s'abolit,
Nous portons nos chagrins dans un filet d'oubli,
Dont sans cesse il nous aide à refaire les mailles !
Les mains des noirs regrets relâchent leurs tenailles
Quand l'ivresse leur fait les doigts mollis et gourds,
Et nous croyons trouver dans des semblants d'amours
Un écho de celui que rien ne renouvelle !
La vie en nos cerveaux s'efforce d'être belle !
Que si nous retombons à ce qu'elle est vraiment,
L'enchanteur n'est pas loin, et, tandis qu'il nous ment,
S'écoulent des instants qui sont ou qui croient être
Heureux ! Et n'est-ce pas tout un ? tant s'enchevêtre
Ce que l'homme ressent et pense ressentir !
Le bonheur n'est qu'un rêve ou n'est qu'un souvenir.
Ma main vide a cueilli plus d'une fois des roses,
Quand les rosiers sont nus sous les hivers moroses ;
Ces roses possédaient un parfum, et, je crois,
Des épines aussi qui me piquaient les doigts,
Tant je fus assuré de tenir leurs guirlandes !
Ainsi Bacchus emplit nos bras de ses offrandes !
Et j'ai cru, d'autres fois, soudain jeune et jaloux,
Retrouver des baisers plus anciens et plus doux
Dans des baisers pillés sur quelque Bacchante ivre
Qui, peut-être, croyait, parmi les miens, poursuivre

Un amour dont son cœur retrouvait la fierté.
Ainsi Bacchus emplit nos seins de volupté !
Soyez lui, comme moi, reconnaissants : il donne
Des éclairs de plaisir dont la lumière étonne
Et fait ciller les yeux éblouis du Tourment !
    Toute vie est en nous, et n'y est qu'un moment,
Et comme, en existant, nous ne vivons qu'un songe,
Faites votre réel, amis, de ce mensonge ;
Nourrissez vous du rêve où l'on croit être heureux !
Ainsi vous décevrez les destins rigoureux !
Puis mourez, comme meurt Silène, en un sourire,
Ignorant si le mieux, le néant ou le pire
Est ce qui nous reçoit aux bords où je descends.
Car j'ai vécu mes jours sans en savoir le sens !
Adieu ! Voici venir les paniers des vendanges !
Déjà j'ai dans les yeux des ténèbres étranges
Où passent des lueurs plus étranges encor....»

Et, ces mots prononcés, il mourut sans effort.
Pendant vingt jours entiers, Ménades et Bacchantes,
Pleurant et déchirant leurs poitrines sanglantes,
Fatiguèrent de cris les échos éplorés ;
Et les Faunes, frappant de longs coups mesurés

Des disques de métal aux grondements funèbres,
Gémirent, et, gardant à travers les ténèbres
Autour du maître mort des flambeaux allumés,
Étonnèrent au loin les fauves alarmés.
Bacchus le fit coucher à l'ombre d'une vigne,
Et, voulant qu'à jamais son tombeau fût insigne,
Dit qu'on immolerait tous les ans un troupeau
De cent boucs les plus noirs, les plus fiers, dont la peau
Servirait à former les cent outres gonflées
Sur lesquelles, chantant leur chansons essouflées,
Les satyres dansaient à la fête du vin.

    Et souvent le dieu Pan, avec sa flûte, vint
A son ami jouer le même air pur et tendre
Que Silène endormi ne pouvait plus entendre.
Et Pan le pensait bien, sans en être très sûr ;
Mais il jouait pourtant cet air très tendre et pur
Dont la voix de Syrinx était l'âme plaintive,
Telle qu'il la cueillit autrefois sur la rive.

Pan mourut à son tour, sans savoir qu'il mourait.
Sur ses lèvres un air délicat soupirait
Quand son être expira pareil au son qui cesse.
Son suprême soupir ne fut qu'une caresse

5*

Dont sa flûte conçut un mystérieux bruit
Qui prolongea son âme et mourut après lui.
Il s'égarait souvent dans les monts solitaires.
Comme pour s'approcher davantage des sphères
Dont les chœurs lui semblaient s'unir et s'ordonner
En rythmes éternels qu'il pensait deviner.
Il y passait, perdu, des jours, des nuits sans nombre ;
Sur quelque pic désert, à la chute de l'ombre,
Jusqu'à l'heure charmante où le ciel matinal
De lumière imprégné prend un bord de cristal,
Il épanchait des chants si nobles et suaves
Que le haut chant des pins, le chant profond des gaves
Se taisaient pour laisser monter cette douceur
Vers les étoiles d'or dont elle était la sœur.
Il semblait devenu plus craintif et timide.
Bien qu'un regard aimant et toujours plus candide
Eût vaincu sa laideur d'un rayon de bonté,
Bien qu'il fût doux pour tous et par tous respecté,
Et qu'il fût patient à montrer le modèle
De sa flûte aux humains qui désiraient, sur elle,
Moduler, d'après lui, les soucis de leurs cœurs,
Il ne désirait plus que les froides hauteurs.
Il ne redescendait des sommets dans la plaine
Que pour venir jouer au tombeau de Silène,

Toujours le même chant. Et lorsqu'il s'en allait,
Sa barbe du ruisseau de ses larmes brillait.
Il retournait pensif vers les grands monts austères.

C'est là, parmi des lieux sauvages et des pierres,
Tandis qu'il préludait à sa chanson du soir,
Que sa flûte aux sept trous cessa de s'émouvoir
Du souffle de sa lèvre aussitôt morte et froide,
Et qu'elle descendit dans sa main déjà roide
Sur ses genoux velus qui ne bougèrent pas.
Et la beauté des Cieux entourait son trépas.
Il s'était reposé tout au fond d'une gorge
Faite d'âpres rochers et que, comme une forge,
Rougissait tout entière un soleil qui tombait
A l'autre bout, devant l'ouverture, et flambait
Sur des charbons géants semés d'un peu de cendre,
Sous un ciel d'un bleu pâle ineffablement tendre.
Tous les buissons brûlaient d'un feu tranquille et fort ;
Les cascades étaient teintes de pourpre et d'or.
La splendeur s'accroissait plus la nuit devint proche.
A mi-hauteur, au fond du val, contre une roche,
Pan mort semblait siéger sur un trône royal.
Et par sa solitude il semblait colossal.

Son buste resté droit s'appuyait à la pierre,
Sa tête aux yeux mi-clos, renversée en arrière,
Regardait vers la paix du Ciel ; sur ses genoux
Ses deux mains reposaient, sa barbe et ses poils roux
Faisaient à son visage une gloire dorée,
Et sa flûte en ses doigts était encor serrée.
Le soleil abaissait, à l'autre extrémité,
Son orbe par les rocs aigus déchiqueté,
Et la nuit, remplaçant la flamme rappelée,
S'éleva vers le Dieu du fond de la vallée.
Elle baigna d'abord ses pieds joints, recouvrit
Ses genoux, la poitrine aux crins d'or s'assombrit,
Puis, sur l'ombre hésitante un instant dominée,
Seule apparut la tête encore illuminée
Qu'un lac sombre semblait soulever vers le ciel ;
Et ce fut un instant étrange et solennel.
Enfin l'obscurité voila le front sublime,
Un silence infini s'épandit sur l'abîme,

. . . .

Et sa flûte qu'un vent léger rendait sonore
Sur les genoux du Dieu muet pleurait encore.

NIOBÉ

NIOBÉ

Niobé ! Niobé ! Que sont-ils devenus
Tes filles au front clair, tes fils dont les bras nus
Étaient adroits et forts comme des bras d'athlètes,
Vaillants comme des bras de héros ? Dans les fêtes.
Quand on remerciait, au retour des Saisons,
Les Dieux qui font germer et mûrir les moissons,
Tu marchais entourée et fière d'un cortège
De glorieux enfants ; hautement le chorège
Citait, parmi les dons des Dieux à la Cité,
La richesse et l'honneur de ta maternité ;
Et le Chœur, dont la strophe alternante s'échange,
Chantait, en se croisant, ton nom et ta louange
Sur le mode sacré que la lyre conduit.
Quatorze fois tes flancs avaient donné leur fruit,
Quatorze fois ton sein avait ouvert son fleuve
De doux lait nourricier. Et tant de fois, l'épreuve

Où la Vie et la Mort paraissent se toucher,
— Puisque les pâles mains de l'une vont chercher
Et prendre aux sombres mains de l'autre un nouvel être,
Et que passer ainsi par elles deux c'est naître —
L'épreuve redoutable et qu'Hécate soutient
N'avait rien altéré de ton souple maintien.
Elle avait seulement fait mûre ta jeunesse,
Elle avait de ton geste élargi la noblesse,
Et couronné ton front de plus de dignité ;
Ton corps semblait plus fier du long fardeau porté !
Sept filles et sept fils, ton orgueil et ta joie
De leur troupe robuste embellissaient la voie
Où tu les précédais, presque aussi jeune qu'eux !
  Mais trop d'orgueil entra dans ton cœur trop heureux !
Il te fit oublier quel espace sépare
Du lot humain le sort des Dieux ; et qu'il s'égare
Hors de la piété, hors du sentier étroit
Le long duquel la fleur des félicités croît,
Celui qui se compare aux Êtres Immortels,
Qui du rang souverain sont jaloux, et cruels.

Niobé ! Niobé ! Quelle démence amère
Te fit jeter l'affront à Latone, à la mère

De Phœbus Apollon, le jeune Dieu du jour,
Lui dont l'arc est d'argent, d'Artémis qui parcourt
Les monts et les forêts, divine chasseresse,
Elle dont l'arc est d'or ? Ils ont égale adresse,
Ils portent, l'un et l'autre, à l'épaule, un carquois
Dont l'infaillible flèche est au but quand leurs doigts
Ont à peine lâché la corde encor vibrante.
Qui te fit offenser la déesse puissante
Fière d'avoir à Zeus donné ces deux enfants,
Beaux comme leurs rayons et comme eux triomphants ?
Lui surtout, qui naquit dans Délos, la pierreuse,
Quand, au pied du palmier, dans la prairie herbeuse,
Sa mère délivrée, heureuse tout à coup,
Le prit tout rayonnant déjà sur son genou.
L'île naguère morne, ingrate et décharnée
D'un immense éclat d'or devint illuminée :
Les prés, les ruisselets, les rochers furent d'or,
L'or revêtit les bois et les monts et le bord
De la mer et les plis de sa houle rythmique,
Les airs s'étaient remplis d'odeurs et de musique !
Car le Dieu qui venait au monde était celui
Par qui la lyre chante et par qui l'azur luit ;
Et de son corps enfant émanait le sourire
De la lumière d'or et le sacré délire.

Tu refusas l'encens, la prière à l'autel
Où l'on fêtait sa mère en un jour solennel :
« Qu'a-t-elle plus que moi ? dis-tu ; son fils, sa fille
Que sont-ils comparés à la noble famille
Que mes flancs ont portée et que nourrit mon sein ?
Qu'a-t-elle fait qui soit plus illustre et plus saint

. . . .

Que mes maternités, pour causer son orgueil ?
Si leur père immortel n'écartait point le deuil
De leur têtes, la mort pourrait, d'un seul passage
De sa sinistre main, achever l'effeuillage
D'un rameau qui n'a su produire que deux fruits !
Que d'embûches, de longs retours et de circuits
Il faudrait au Trépas pour dépouiller mon arbre !
Ses deux enfants tiendraient sous un morceau de marbre,
Il faudrait pour les miens un chemin sépulcral !
Nul destin n'est toujours en son bonheur égal,
Le malheur n'est jamais très loin de notre joie ;
Si Pluton devait prendre à mes côtés sa proie,
J'aurais toujours des fils pour soutenir mes pas
Et des filles encor à serrer dans mes bras,
Lorsque je pleurerais comme pleure une mère !
La fierté de Latone est vaine et téméraire :

Mes enfants pourraient faire aux deux siens des défis,
Mes filles à sa fille et mes fils à son fils,
Celles-là pour le charme et ceux-ci pour la force.
On pourrait opposer Apollon, torse à torse,
Contre un de mes garçons qu'on prendrait au hasard,
Ou les faire lutter à la course du char,
Je verrais le combat, d'un œil et d'un cœur calmes.
En sachant quelle mère aurait bientôt les palmes
Que viendrait en ses mains déposer le vainqueur.
Et c'est pourquoi Latone usurpe cet honneur
Où sa fécondité prétend être fêtée !
Je nie à son autel l'offrande imméritée ;
Je ne lui verserai ni l'huile, ni le vin ;
Quel que soit son courroux, elle aura mon dédain,
C'est elle à qui convient plutôt d'être jalouse
Et de mes jours de mère et de mes nuits d'épouse ! »
Tu t'éloignas du peuple atterré par ces mots ;
Et le tonnerre au loin remplit les monts d'échos !

Niobé ! Niobé ! Quelle force en ta bouche
Mit ton propos impie, orgueilleux et farouche ?
Latone courroucée alla vers ses enfants,
Phœbus à l'arc d'argent, aux regards éclatants,

Artémis à l'arc d'or, à la jambe rapide.
Émue et palpitante et de vengeance avide,
En mots entrecoupés de pleurs, elle leur dit
L'outrage qu'elle avait souffert, elle tendit
Envers eux ses deux mains, comme une suppliante,
Les priant de punir la mortelle insolente
Qui, pour mieux l'outrager, les avait défiés.
Si ses propos hautains n'étaient point châtiés
Qui donc apporterait un hommage à leur culte ?
Et la vengeance doit outre-passer l'insulte,
Sinon leurs trois autels, déserts et négligés,
Ignoreront le cri des taureaux égorgés,
Et le voyageur las, s'appuyant sur leur pierre,
Ne l'honorera plus d'un geste de prière.

Niobé ! Niobé ! de quel fatal orgueil
Ton grand cœur maternel a-t-il tiré son deuil ?
Tes sept fils s'exerçaient ensemble dans la plaine
Pour les jeux réservée au cœur de ton domaine
Si vaste qu'il déborde un horizon entier ;
De la plus haute tour de ton palais altier,
Vers les quatre côtés d'où les quatre vents viennent,
L'œil cherche vainement les monts qui le contiennent !

Ils jouaient à la lutte, ayant conduit les chars.
Toi, tu les admirais. Heureux de tes regards
Ils s'efforçaient à qui gagnerait ta louange.
Leurs corps nus s'assemblaient parfois en un mélange
De beaux marbres sculptés, tout à coup animés.
Les coups heureux étaient par leur cris acclamés.
Tes yeux se complaisaient à ce groupe d'athlètes ;
Tu redisais les noms de ces vaillantes têtes,
Selon leur chevelure ou brune, ou noire, ou d'or :
Ismenos, Sipylus, Phœdimus, Alphenor,
L'ardent Damasichton, Tantale, Ilionée ;
Et tu les répétais, ô mère infortunée !
Et ces noms répétés étaient plus doux qu'un chant !
*   Soudain un bruissement, comme un arc décochant*
Sa flèche, traversa l'air et te rendit pâle.
Un grand cri retentit, qui contenait un râle,
Et du groupe effaré sortit une clameur !
Puis encore un grand cri semblable, et puis l'horreur
De ce groupe penché, tout à coup immobile.
Puis encore une fois ce bruissement hostile,
Puis encore un grand cri ! Les deux bras étendus,
Les yeux épouvantés et fixes, tu courus,
Folle d'une invisible et terrible menace !
Et, tandis que tes pieds foulaient le court espace,

Tu vis tous tes fils, l'un après l'autre, tomber,
Et le dernier d'entre eux devant toi succomber,
Le doux Ilionée en qui l'adolescence
Avait encor l'aspect ingénu de l'enfance.
Il te voyait venir, tout éperdu d'effroi,
Comme vers son refuge il s'élançait vers toi,
Tant il gardait encor de l'enfance récente
L'habitude ingénue, aimable et confiante
De chercher un abri dans les bras maternels.
Et ton nom t'arrivait fréquent dans ses appels !
Mais à peine eut-il fait quelques pas, sur la terre
Il tomba ; son dernier, plus faible cri de « mère ! »
Te parvint ! Tu volais, Niobé ! Niobé !
Vers ce champ exécrable et de sang imbibé,
Où tes sept fils gisaient, tombés à la renverse,
Chacun portant au cœur la flèche qui le perce,
Sauf le dernier, tombé tandis qu'il s'enfuyait.
Ah ! Quel cri ! Quel long cri dans lequel s'éployait
Une incommensurable et formidable peine !
Il désola les cieux, il suspendit l'haleine
Des brises et des vents, il fit taire les pins,
Et frissonner les rocs, il remplit les chemins
De pays éloignés où les mères tremblèrent ;
Sur les sommets des monts les bergers s'assemblèrent,

Peureux, s'interrogeant quelle divinité
Perdait, au fond des cieux, son immortalité,
Tant cette plainte était humaine et surhumaine ;
Et les lyres partout résonnèrent d'un thrène
Qu'écoutaient gravement les poètes surpris.
Comme dans un jardin jonché de lis meurtris,
Tu te penchas sur eux, tu retiras les flèches ;
Pas un seul ne bougea ; des sept blessures fraîches
Sur l'ivoire des flancs un sang pourpre coulait.

. . . .

Quelques-uns avaient clos leurs yeux, mais quelques-uns
Les conservaient ouverts, leurs grands yeux bleus ou bruns
Qui ne souriaient pas en regardant leur mère :
Sur chacun d'eux tes doigts baissèrent la paupière.
Tu tenais à la main le faisceau des sept dards.
Sans pouvoir relever tes yeux secs et hagards,
Dans ton cerveau confus et roulant de vertige
Tu cherchais vainement par quel affreux prodige
Leurs corps étaient gisants d'un seul coup traversés.
La foudre tombe ainsi sur les moutons pressés ;
Mais le ciel radieux ne roulait point d'orage,
Les flèches, instruments et témoins du carnage,
Montraient que ce massacre était l'œuvre d'un bras,
D'un bras exécuteur de desseins scélérats.

Quelle main ennemie, impitoyable et dure
Avait ainsi marqué de la même blessure
Chacun de ces seins blancs ? Quel redoutable archer,
Quel archer sans rival avait su décocher
De son poste inconnu chaque flèche infaillible ?
Quel abri recélait son embûche invisible ?
Au loin, pas un rocher, pas un creux, un bosquet,
Un buisson dans lequel il pût être embusqué !
Partout le gazon ras et le sable du stade !
Au bord de la folie où notre âme s'évade
Quand brusquement jetée au bout du désespoir,
Ne voulant plus penser, ni sentir, ni savoir,
Elle emporte en tombant, et déchire et secoue
Des lambeaux de raison que noue et que dénoue
Un vent bizarre et dur, un vent mystérieux,
Tu tremblais ! Tu levas ton regard vers les cieux,
Peut-être sans avoir de pensée, et peut-être
Pour y chercher le Dieu justicier, le Maître
Des Lois, en qui la force à l'équité s'unit,
Et qui ne laisse point de forfait impuni.
Niobé ! Niobé ! Debout sur un nuage,
Apollon radieux contemplait son ouvrage,

. . . .

Hautain, et d'une main négligemment habile
Remettant au carquois une flèche inutile !

Alors tu compris tout ! Et soudain la fureur,
Te saisissant au bord abrupt où ta stupeur
Vacillait au-dessus d'un gouffre de démence,
Te rejeta dans l'âpre et claire connaissance,
Dans ton malheur, dans ton vouloir, dans ton orgueil,
Ton orgueil indompté, la cause de ton deuil.
Le front haut, tu crias : « Fils digne de ta mère
A qui traînant partout sa grossesse adultère
Les îles, les cités, les bois ont refusé
Un abri dont leur sol fût resté méprisé,
Et qui n'a pu trouver, pour cacher ta venue,
Qu'une île inhabitée, et rocailleuse et nue,
O lâche, ne sais-tu combattre que de loin ?
Au combat de la lutte et au combat du poing,
Tu n'aurais point oser défier tes victimes !
Les lauriers de l'embûche et les palmes des crimes
Tu peux les rapporter à ta mère, ô héros !
Toi qui frappes de loin, sans prononcer les mots

. . . .

Dont le défi prévient l'ennemi désarmé !
Va ! le cœur de ta mère est peut-être alarmé
Du grand danger auquel j'exposais ton courage !
Va-t-en la rassurer ! Moi, j'aime mieux l'image

6

De chacun de mes fils mort que déshonoré
Par l'infâmant exploit dont tu restes paré !
Mais dis lui qu'en ces bras que ton forfait dévaste,
J'ai, pour l'humilier dans son orgueil néfaste,
J'ai plus d'enfants encor, en gardant la moitié,
Qu'elle avec vous deux seuls. Et son inimitié
Ne m'a pas, par ton crime, à ce point appauvrie
Que sept filles bientôt, en leur saison mûrie,
Ne rendent à mon cœur l'orgueil de petits-fils
Qui ne combattront point sans jeter leurs défis !
Tu n'oses pas, j'espère, encor tuer des femmes,
Et cueillir sur nos corps des lauriers plus infâmes ! »
Et comme tu tenais encore dans ta main
Les flèches dont le fer de ton sang était teint.
Belle et par ton sublime effort magnifiée,
Tu brisas leur faisceau sur ta cuisse pliée,
Et du geste fougueux de tes bras redressés
Tu lanças vers le Dieu leurs morceaux dispersés.
Le Dieu n'était plus là ; le grand ciel était vide,
Sauf un nuage d'or en son azur limpide.

Niobé ! Niobé ! Qu'as-tu dit ? Qu'as-tu dit ?
Quand ton cri douloureux au palais s'entendit,

Au fond du gynécée il atteignit tes filles
Qui de leurs doigts actifs maniaient les aiguilles,
Ou de leur beau pied nu faisaient tourner le rouet.
Comme un jeune cheval bondit au coup du fouet,
Chacune tressaillit, et toutes délaissèrent
Leurs ouvrages divers, et toutes s'élancèrent
Par le vaste couloir encor retentissant.
Du lourd porche sculpté leur groupe bondissant
Sortit d'un même élan et courut vers la mère.

. . . .

Quand tu les aperçus, tu t'élanças vers elles,
Pour leur cacher ce champ aux sanglantes javelles,
L'affreux champ où gisaient leurs frères moissonnés,
Pour tâcher d'épargner à leurs yeux consternés,
Ne fût-ce qu'un instant, l'exécrable spectacle,
Enfin par cet instinct de jeter en obstacle
Ton corps entre un malheur, ô mère, et tes enfants.
Toi-même avais besoin de doux bras étreignants,
Et de te sentir mère en t'y sentant serrée.
Quand tu les rencontras, d'elles sept entourée :
« O mère, qu'avais-tu ? » — « Mère, pourquoi ce cri ? »
« O mère, nous avons pensé : quelqu'un périt ! »

« *Mère, nous avions peur !* » — « *Embrasse nous,*
                              [*ô mère !* »
« *O mère, réponds nous !* » — « *Mère, qui te fait taire ?* »
Ainsi toutes parlaient et vers toi se pressaient,
Toutes tendaient leurs bras et toutes t'embrassaient !
Tu te sentais au cœur de leur jeune caresse :
Et, pendant un instant, perdue en leur tendresse,
Tu touchais leurs poignets et tu touchais leurs fronts,
Et tu plongeais tes doigts parmi leurs cheveux longs,
Comme pour étouffer en toi d'horribles doutes
Tu voulais les tenir et les étreindre toutes.
Soudain l'une cria « mère ! tu as du sang !
Tes mains m'ont mis du sang ! » Et, tout à coup, glaçant
Tous ces cœurs et le tien, il se fit un silence,
Et vos corps enlacés, comme dans une transe,
S'arrêtèrent, fixés. Alors le même bruit
Léger, et redoutable à ton cœur trop instruit,
Vibre ; contre ton sein éclate un cri terrible,
Expirant aussitôt en soupir insensible ;
Et s'incline le front que ta main caressait,
Et les beaux yeux sont clos où ta lèvre passait,
Et juste sous le cou, dans la chair délicate,
La flèche, la marquant d'une tache écarlate,
Est venue, en sifflant, jusqu'au bois s'enfoncer,
Et contre toi tu sens le doux corps s'affaisser !

Ah ! Quel rugissement jaillit de la lionne,
Dont l'impassible azur du long désert frissonne,
Lorsque son lionceau blessé par un chasseur
Succombe : de son souffle inquiet et frôleur
Elle parcourt son corps tendrement et l'explore,
Et cherche, en le flairant, s'il sent la vie encore ;
Mais lorsqu'elle a compris qu'il ne remuera plus,
Déchirant le terrain de ses ongles velus,
Elle allonge la tête et rugit sa détresse.
Tout est saisi de peur dans la forêt épaisse,
Les fauves alarmés, les plus forts et cruels,
Taisant leurs grondements ou leurs lointains appels,
Blottis dans les roseaux, les rochers ou le sable,
Abandonnent la nuit à sa voix formidable.
Le cri que tu poussas était pareil au sien !
Et ton bras, oubliant son douloureux soutien,
Laissa glisser l'enfant inanimée à terre,
Pour jeter vers le ciel ton geste de colère ;
Tu savais maintenant d'où la flèche partait !
Ta lèvre, après son cri sauvage, s'apprêtait
A frapper au visage, ainsi qu'avec des verges,
De ton injure un Dieu qui massacrait des vierges.
Ta lèvre fut muette, et ton bras étendu
Qui levait son poing clos demeura suspendu ;

Et ta main tout à coup, — comme quand la surprise
Nous saisit de son choc et nous immobilise —
S'ouvrit, la paume droite et les doigts écartés !

Niobé ! Niobé ! Tes grands yeux dilatés
De quel prodigieux et terrible spectacle
Étaient-ils étonnés, pour qu'il fût un obstacle
Aux torrents de courroux qui montaient vers ta voix ?
Debout sur le nuage et portant un carquois
Ce n'était plus le Dieu, c'était sa sœur cruelle,
Dans sa tunique courte, à demi-nue et belle,
Et plus terrible encor que son frère ; son bras

. . . .

« Déesse dont le sein est celui d'une femme,
Ton cœur y fut formé d'une moins rude flamme
Que celle dont le cœur des mâles est forgé.
Vois de quelle façon ton dur frère a vengé
Un propos imprudent échappé de ma bouche ;
Tous mes fils, la moitié des enfants de ma couche,
Sont tombés, le sais-tu ? sous son bras meurtrier !
Quel forfait inouï ne pourrait s'expier
Par un tel châtiment ? Et ma chétive offense
Ne pouvait mériter cette atroce inclémence !

Elle était pardonnable, et tu la comprendras
Quand un petit enfant aura ri dans tes bras.
Prends pitié d'une mère, ô toi qui seras mère !
Peut-être ignorais-tu ce qu'accomplit ton frère !
Déesse ! Tous mes fils, tous mes fils ont péri !
Tous ! Je n'ai plus de fils, plus de fils ! Que mon cri
Monte vers toi, déesse, et touche ta poitrine ;
Elle ne serait point. sans la pitié, divine !
Épargne celles-ci ! Leur cœur est innocent !
Qu'une seule du moins t'apaise de son sang,
Puisque ton trait partit plus tôt que ma prière !
Que la première flèche aussi soit la dernière !
Prends pitié ! Prends pitié ! Déesse ! Prends pitié !
Latone est mère aussi ! Que son inimitié
Accepte une douleur que son cœur peut comprendre,
Et laisse son pardon sur mes filles descendre. »

La déesse gardait toujours son bras tendu,
Et tu lui dis d'un ton toujours plus éperdu ;
« Si tu n'es pas encore, ô vierge, satisfaite,
Frappe moi ! Frappe moi ! Vois ! Ma poitrine est prête !
Plantes-y tous les traits qui sont dans ton carquois !
C'est moi qui fus coupable, et c'est moi qui te dois

Ce qui peut racheter ma parole imprudente !
Ne perds pas ton courroux sur leur troupe innocente !
Un cœur trop téméraire est caché sous ce sein,
Perce le de six dards ! Accomplis ton dessein
Sur celle dont l'orgueil trop grand l'a fait éclore,
Et montre, en même temps, la pitié que j'implore ! »

Tes filles t'écoutaient et, tremblantes d'effroi,
Ainsi que des agneaux se serraient contre toi.
Mais Artémis tendait son arc d'or, et sifflante
Vint la flèche ; un grand râle, un peu de voix dolente,
Un doux corps s'affaissa, glissant contre le tien,
Et dont la main cherchante à ton bras se retient.
Une autre ! Une autre encor ! Tu criais éperdue :
« Prends pitié ! Prends pitié ! » Prière inentendue !
Une autre ! Tu criais : « Prends pitié ! Prends pitié ! »
Le corps charmant gisait sur lui-même ployé !
« Prends pitié, » criais-tu ; hagarde et frénétique
Tu répétais le même et vain cri de supplique,
De plus en plus pressé, brisé de désespoir,
Haletant, convulsif. Il pourrait émouvoir
Les tigres et les ours, mais non pas la déesse,
Mais non l'inexorable et dure chasseresse

Qui prend, à les poursuivre, un cœur plus cruel qu'eux !
Sereine, indifférente et l'air impérieux,
De l'arc étincelant elle attire la corde,
Si fort que le fer seul de la flèche en déborde.
Le trait part, siffle ! Encor le grand cri moribond
Que le même soupir faiblissant interrompt !
Et le doux corps s'étend la face contre terre,
En enfonçant le trait qui ressort par derrière,
Entre une épaule et l'autre. Il ne t'en reste plus
Qu'une seule, Ethosée, aux clairs yeux ingénus,
Chérie entre ses sœurs et de ses sœurs chérie,
La dernière qui fut sur ta gorge nourrie.
Pleurante, épouvantée et mourante d'effroi,
Se traînant à genoux et s'attachant à toi,
Elle se tient blottie et par ton corps cachée.
Et ta voix par l'horreur étranglée et séchée
Crie encor : « Prends pitié ! Pitié ! Pitié ! Pitié ! »
Tu cherches à couvrir le cher corps reployé,
Mais, effleurant ta chair et traversant ta robe,
La flèche vient frapper l'enfant qui se dérobe ;
Et c'est le dernier cri ! Tous tes enfants sont morts !

Alors d'un mouvement pareil à ces essors

Que la Victoire prend en de nobles statues,
Sur cet amas affreux de vierges abattues,
Dans ta robe aux plis blancs toute pourpre de sang,
Tu dressas vers le ciel ton beau corps menaçant :
« Déesse au nom maudit, reçois mon anathème !
Je ne t'implore pas de me frapper moi-même

. . . .

Puisque ton cœur de fer est sans miséricorde,
Et je n'espère pas que ta haine m'accorde
Le trait par qui ton crime, en mon sein aboli,
En me donnant la mort me donnerait l'oubli !
Les destins t'ont fait naître aux hauteurs immortelles :
Je sais que nos efforts sont impuissants contre elles,
Et les os des Titans nous servent de leçon !
Mais plus haut que des monts entassés, le frisson
De mon cœur maternel s'élèvera ; mes larmes
Iront dans ton Olympe exciter les alarmes
Chez les Dieux inquiets qu'un pareil attentat,
Le plus inexpiable et le plus scélérat,
Entrant dans leur séjour, échappe à leur justice !
Mais par delà les Dieux, vierge exterminatrice,
Siègent les Lois du monde et l'éternel Destin
Dont la sentence attend ce qu'aucun bras n'atteint.

Dans l'air supérieur où l'Olympe a sa cime,
Vous vivez abrités des châtiments du crime,
Mais vous ne pouvez pas ne pas garder en vous
Vos crimes accomplis, et n'être point jaloux
Des simples cœurs humains qui sont restés sans faute.
Nul temps ne vous punit, mais nul temps ne vous ôte
Le désir, l'habitude et le succès du mal ;
Vos intangibles cœurs, soustraits au flot lustral,
Dans leurs impunités entretiennent leur vice,
Votre immortalité devient votre complice,
Mais par elle enchaînés au forfait éternel
Vous chargerez d'opprobre et de meurtres le ciel,
Et vous abolirez vos cultes exécrables !
Pour toi, cruelle, qui, de tes bras implacables,
Osas tacher mon corps du sang de mes enfants,
Toi qui pus écouter les appels suppliants
Et pus voir sans pitié les larmes d'une mère,

. . . .

Tu ne seras point mère ! En tes flancs inféconds
Nul être ne naîtra ; jamais les chers frissons
Ne frémiront au fond de tes dures entrailles !
Ton ventre ne sera qu'un champ mort aux semailles !
Le lait n'enflera pas tes mamelles d'airain
Et jamais un enfant ne tiédira ton sein !

Ta chair ignorera l'honneur de notre argile !
Tu croiras être pure et tu seras stérile !
Tu perceras de traits les bêtes des forêts,
Et tes chiens aboyants pousseront vers tes rêts
Les grands cerfs épuisés dont les yeux ont des larmes !
Déesse des effrois, âpre vierge sans charmes,
Tu vivras pour tuer, tu prendras joie au sang
Quand la meute dépèce, au bord du sombre étang,
La biche avec le faon ; lui qui ne peut la suivre,
Elle qui pourrait fuir et ne veut lui survivre.
Tu n'auras de bonheur que d'entendre gémir,
Mais ton cœur endurci ne saura plus frémir ;
Et quand tu rêveras, jalouse, à d'autres joies
Que celles d'effarer et dépouiller des proies,
Tu tâcheras d'aimer, mais tu n'aimeras pas ;
Aucun homme, aucun Dieu ne t'ouvrira ses bras.

. . . .

Et tu seras réduite, amante au front blémi,
A venir te pencher sur un pâtre endormi,
Ignorant que sa bouche est auprès de la tienne,
Pour te faire un baiser furtif de son haleine.
Image d'abandon et de stérilité,
Dans le ciel par ton front glacial contristé

Tu passeras sans fin, déçue et solitaire,
Car je tends contre toi mes mains vides de mère,
Et je montre le sang qui profane mon sein
Aux vastes Lois du monde, à l'éternel Destin ! »

Niobé ! Niobé ! comme tu semblais grande
Quand tu lanças ces mots, quand tu fis une offrande
De ta désespérance à des Pouvoirs vengeurs !
Tes yeux étincelants avaient brûlé leurs pleurs !
C'était toi l'Immortelle et la Dominatrice !
Artémis avait fui, le ciel gardait l'indice
De son passage affreux dans son nuage d'or.

. . . .

POËMES MODERNES

L'ALLÉE AUX IRIS

L'ALLÉE AUX IRIS.

I.

De deux lignes d'iris l'allée était bordée,
Iris tachetés d'or, iris blancs, iris bleus,
Où ruisselaient encor les perles d'une ondée
Et des diamants purs qui variaient leurs feux ;
Au-dessus des iris, une double rangée
De cerisiers fleuris, candides et charmants,
Dont chaque fleur tremblait d'une abeille assiégée,
Laissaient tout autour d'eux tomber des diamants :
Derrière ces bouquets de neige bourdonnante,
De jeunes marronniers, par paires accouplés,
Élevaient et mêlaient leur verdure ondoyante,
Lourde de thyrses blancs de rose constellés ;

Eux aussi reluisaient d'humides étincelles,
De gouttes d'eau, de feux, de ruissellements clairs,
De glissements d'argent, de fluides dentelles,
Et leurs dômes mouillés étaient criblés d'éclairs.
Tout était à la fois resplendissant et chaste,
On sentait dans ce riche et somptueux éclat
Que des larmes du ciel se cachaient sous le faste
De joyaux qu'aucun sceptre indien n'égala.
Un chaud bourdonnement entourait chaque branche,
D'abeilles, de frelons, d'insectes printaniers,
Poudre d'hymne, chantant la lumière enfin franche
Qui rouvrait leur prison à tant de prisonniers ;
Des centaines d'oiseaux passaient dans les ramures,
En sortaient, y rentraient, en faisaient pleuvoir l'eau,
Croisaient leurs vols d'un arbre à l'autre et leurs
Jetaient sur ces clartés un sonore réseau.   [murmures
Et de chaque côté, dans l'air encore humide,
Un ciel très bleu, lavé par l'orage lustral,
Dressait son double azur uniforme et limpide
Qui se courbait, plus haut, en voûte de cristal.

J'étais entré, trouvant la barrière entr'ouverte,
Dans un coin du grand bois que la route longeait,

Et dont les profondeurs de solitude verte,
Où par instants un geai bleuissant voltigeait,
Promettaient des abris d'ombre silencieuse ;
J'avais suivi d'étroits sentiers, lorsque soudain,
Comme en une clairière immense et lumineuse,
J'aperçus devant moi le décor d'un jardin.
Ébloui, je restais à contempler l'allée
Pleine de flèches d'or dans des filets d'argent,
Magnifique de fleurs en larmes, emperlée
De ce ruissellement merveilleux et changeant.
Honteux pourtant de mon indiscrète aventure,
J'allais partir enfin, quand je vis s'avancer,
D'or et d'ombre rayée, une exquise figure,
Si près que j'attendis pour la laisser passer.
Elle faisait penser aux fresques florentines,
Aux vierges dont la marche et la grâce du port
Donnent aux plis flottants de leurs étoffes fines
Le rythme heureux de la sculpture et son accord ;
Elle avait une robe en molle laine blanche,
Aux plis souples, émus du moindre mouvement,
Où jaillissaient, brodés des pieds jusqu'à la hanche,
Des rameaux verts mêlés en maint enlacement ;
Quelques-uns s'élançaient jusque sur son corsage ;
Y posant, çà et là, leur délicate fleur,

7*

Leur virginale fleur, l'églantine sauvage,
Dont un bouquet plus fort avait choisi son cœur.
Elle avançait perdue en une rêverie,
Tenant, ouvert d'un doigt, un livre dans sa main,
Un livre long et mince où l'or d'une armoirie
Frappait la reliure en pâle parchemin.
Je ne pus m'empêcher de songer au poëme
Où Dante a raconté dans quel mois radieux
Il sentit s'entr'ouvrir et fleurir en lui-même
L'amour qu'il retrouva plus tard au seuil des cieux.
Je l'avais lu jadis, et dans mon âme ardente
Des gloires, des splendeurs de ce noble matin,
Sa vision surgit, et je me dis : « O Dante,
En cet instant qui seul embauma ton destin,
Béatrice était-elle aussi belle et divine,
Lorsqu'elle t'accorda son très courtois salut ? »
Je crus parler pour moi, mais hors de ma poitrine,
Ma voix alla plus loin que je n'avais voulu.
Elle marchait le front baissé, quand ces paroles,
Son presque inexprimé, pareil à l'incertain
Soupir que met la brise aux lèvres des corolles,
Mais ému d'un secret frisson de sens humain,
Flottèrent autour d'elle ; elle leva la tête ;
Ses magnifiques yeux, ses yeux d'un bleu de mer

Tout prêt à s'assombrir d'un émoi de tempête,
Cherchèrent un instant dans le feuillage vert.
Mais quand elle aperçut ma face encor confuse,
L'éclair de son regard fâché s'atténua,
Et sachant deviner dans mon trouble une excuse,
Avec presque un sourire elle me salua.
Je m'inclinai, muet ; dans la fête des perles,
Que les rayons semblaient porter de fleur en fleur,
Dans l'air où, sous les jeux des pinsons et des merles,
Les abeilles passaient en onde de splendeur,
Je la vis s'éloigner dans sa robe fleurie,
Entre les rangs d'iris et de cerisiers blancs,
Et disparaître, au fond de l'allée amoindrie,
Sous les dais verts marbrés de beaux thyrses tremblants.

II.

J'appris que de ce parc elle était la maîtresse,
Qu'elle portait un nom ancien et resté pur,
Qu'elle était orpheline, et que dans la tristesse
Du vieil aïeul ses yeux mettaient un peu d'azur.
Je passai quelquefois le long de sa demeure,
Un vieux château Louis Treize entouré de fossés :

Sur la tour un cadran rouillé mesurait l'heure ;
Un mur moussu, garni de vases espacés,
Par devant le perron formait une terrasse
Où des lierres pendaient et traînaient sur les eaux ;
Et deux Faunes narquois ricanaient leur grimace
Sur la porte du pont, au sommet des vantaux.
Je ne l'aperçus plus. Vers la fin de l'automne,
Quand les pignons étaient de pourpre éclaboussés,
Que les feuilles, sous un tapis rougeâtre et jaune,
Recouvraient l'eau verdie et lourde des fossés,
Je vis tous les volets, sur la longue façade,
Comme pour un départ ou comme pour un deuil
Fermés ; quelques paons bleus, en lente promenade,
Attendaient vainement sur les marches du seuil.
On me dit qu'elle était allée en Italie,
Chercher le doux soleil loin de nos âpres cieux.
Qu'elle avait en partant semblé faible et pâlie,
Avec une tristesse étrange dans ses yeux.
L'Hiver passa, le sombre Hiver avec ses neiges ;
Le Printemps reverdit les pignons du château ;
L'Automne vint, portant, parmi ses gais cortèges,
Le premier broc de vin et le premier chanteau ;
Bientôt les lents brouillards au faîte des collines
Reparurent, cachant les labours indistincts ;

Dans les vents coléreux ou les bruines fines,
La chute du feuillage attrista les chemins ;
Les villages au loin reprirent leurs fumées,
Et l'hiver rapprocha les deux bords froids du jour ;
Le vieux château gardait ses fenêtres fermées,
Et l'herbe s'épaissit aux pavés de la cour.
Comme une vision sur de blanches verrières,
La passante figure, aperçue un instant
Dans le rayonnement des gloires printanières,
N'avait jamais été qu'un beau songe flottant ;
Voici que, lentement, du Présent détachée
Qui n'avait jamais pu qu'à peine la tenir,
Elle partait déjà vacillante et penchée
Au fil du flot fuyant et froid du souvenir.

III.

Un soir que je songeais, un dur soir de Décembre,
Écoutant au dehors l'aigu cri des gerfauts,
Et regardant la vieille horloge de la chambre,
Où reluisait un Temps qui brandissait sa faulx
Sur le lent mouvement du balancier de cuivre,
Le facteur entr'ouvrit la porte, et, ruisselant,

Me tendit un paquet qui contenait un livre,
Puis disparut, penché, dans l'orage cinglant.

C'était un livre étroit à la tranche dorée,
Le livre sûrement qu'elle avait à la main,
En cette heure adorable et tout à coup sacrée
Où sa robe effleurait les iris du chemin ;
C'était le format long et c'était l'armoirie
Dont l'or était empreint dans le parchemin blanc ;
C'est de lui que sortait sa chaste rêverie,
Et j'ouvris le volume avec un doigt tremblant.
La Vita Nuova ! Le pur lys des poëmes,
Qui rayonne à jamais sur l'autel de l'Amour !
Les mots que j'avais dits étaient les mots eux-mêmes
Où celle que ravit l'Immaculé Séjour,
Tandis qu'elle marchait au milieu des louanges
De ses jeunes vertus et de sa pureté,
Pour en faire une fleur sur le rosier des Anges,
Revit dans son terrestre éclat et sa beauté.
Et je compris alors son salut, son sourire,
Son pardon de l'aveu qui m'était échappé ;
C'était l'écho des vers qu'elle venait de lire,
Qui revenaient vers elle après m'avoir frappé.

Fut-ce un de ces éclairs de rencontre fatale
Où tout un destin tremble et fuit inaperçu ?
Ou vêtait-il vraiment sa forme virginale
Le charme que sa sœur d'autrefois avait eu,
Si bien que le respect, la ferveur et l'hommage
Offerts par le poète en des mots consacrés
Devaient naître et jaillir devant la même image,
Des cœurs que son amour sublime a pénétrés ?
Sur le premier feuillet et sous le frontispice
Fait d'Amours soulevant des roses, ces seuls mots
Étaient écrits : « Le vingt Octobre, Béatrice. »
Ma gorge s'étrangla d'un flot sourd de sanglots :
C'était son propre nom dont je l'avais nommée
En cet étrange instant, presque miraculeux,
Où tant de diamants pleurés par la ramée
Roulaient sur les iris en variant leurs feux !
Ces simples mots écrits d'une main incertaine,
Comme ils m'ont apparu touchants, chers et sacrés,
Lorsque je sus, plus tard, quel jour la mort sereine
Avait clos ses doux yeux sous ses cheveux dorés,
Quel jour le miroir clair, approché de ses lèvres,
Dans la main de l'aïeul était demeuré pur !
Ce jour même, ses doigts affaiblis par les fièvres,
Vers l'heure où le matin renaît au ciel obscur,

Ses pauvres doigts maigris avaient su les écrire,
Et sa voix presque éteinte avait donné mon nom !
Puis des perles avaient passé dans son délire,
Et l'iris du Trépas avait touché son front !

A Florence elle dort, dans le jardin des tombes ;
A la rose éphémère, au laurier immortel
Qui, sous de nobles vols irisés de colombes,
Parent son marbre blanc, simple comme un autel.
J'ai joint, les apportant de la terre natale,
Des iris bleus, de blancs et de tachetés d'or,
Qui mettent leur tristesse héroïque et royale
Sous les quatre flambeaux dont la flamme se tord.
Ils garderont près d'elle, à travers mainte année,
Quand je serai moi-même un vain nom dans l'oubli,
Le secret souvenir de cette matinée
Où par un doux sourire elle avait accueilli
L'écho du chaste amour qui tenait sa pensée,
Puisque l'obscur Destin qui dispense les dons
Ne m'a point accordé de sa main abaissée
La lyre aux cordes d'or par qui durent les noms,
Puisque mes vers, bientôt desséchés sous le givre
Du Temps, ne sauront point préserver la beauté
De cette Béatrice aussi digne de vivre

Que Celle de jadis dans l'immortalité
Dont, contre des saisons et des âges sans nombre,
Le poète, invincible en son cœur affligé,
Défend la tête chère et qu'il a prise à l'ombre
Du laurier par lequel son front est protégé.

LE VIEUX MENDIANT

LE VIEUX MENDIANT

I.

Le vieux mendiant triste et fatigué
Est allé s'asseoir sur le banc de pierre,
Les pieds écorchés d'avoir tant vagué
Par les grands chemins ou par la bruyère,

Sur le banc de pierre, au bas du grand mur
Qui soutient le champ des morts et l'église,
Dont le lourd clocher monte dans l'azur
Derrière un buisson pendant de cytise.

Il a laissé choir son bissac usé,
Jeté son chapeau rongé par la pluie,
Et son bras levé, d'un geste épuisé,
Passe sur son front que sa manche essuie.

Son bâton de houx, son bon compagnon,
Qui par mainte lande et par mainte grève
A tant soutenu son pas vagabond,
Tombe auprès de lui sans qu'il le relève ;

Et, ses mains à plat sur ses deux genoux,
La tête penchée, il regarde à terre,
D'un regard perdu parmi les cailloux,
Entre ses sabots bourrés de fougère.

Une lourde larme au bout d'un instant
Roule avec lenteur sur sa barbe grise,
Puis, par intervalle, une autre, argentant
Son visage brun tanné par la bise.

Pendant très longtemps ces pleurs espacés
Coulent de ses yeux, et, sans qu'il les sente,
Glissent, en laissant leurs sillons tracés,
D'une régulière et calme descente.

Il était matin quand il est venu
Tomber sur ce banc, frais dans son coin sombre,
Mais le chaud soleil, d'un pas continu
Tournant le grand mur, en a chassé l'ombre.

Il y frappe en plein, y darde son feu,
Les cailloux sont blancs, la pierre est brûlante,
Et le mendiant, dans son manteau bleu,
Contemple toujours la route aveuglante.

Sur lui le clocher sonne l'Angelus;
Les petits enfants, sortant de l'école,
Passent à l'écart vers l'autre talus,
Et leur gazouillis d'oiselets s'envole.

Mais il ne voit pas leur groupe effrayé
S'arrêter plus loin, tout prêt à la fuite;
Il reste immobile, un peu plus ployé,
Inclinant plus bas sa tête proscrite.

Depuis plus d'un jour il n'a rien mangé,
Sinon qu'aux ronciers il a pris des mûres;
Mais sous le chagrin dont il est chargé,
L'âpre faim suspend ses profonds murmures.

Le soleil poursuit son cercle brûlant,
Le groupe d'enfants devant lui repasse,
Un peu moins craintifs et s'entr'appelant
Pour parler de l'homme assis, à voix basse;

Ils s'en vont, rieurs, au coin du chemin ;
Le vieux mendiant relève la tête,
Et contre le mur appuyant sa main,
Las et défaillant à partir s'apprête.

Mais, se ravisant, il monte à pas lourds
L'escalier qui mène au haut cimetière,
Faible, s'asseyant à tous les détours
Sur le parapet revêtu de lierre.

Enfin il arrive où sont les tombeaux,
Il suit lentement les droites allées,
Aux lignes de buis, sonores d'oiseaux,
Pleines d'églantiers et de giroflées.

II.

Il a vu le nom qu'il venait chercher,
Un nom effacé par la mousse verte ;
Quel long temps depuis que le vieux clocher
A sonné là-haut pour la fosse ouverte !

Depuis bien des ans il n'a pas osé,
Vaincu d'un obscur et honteux reproche,
Revoir ce tombeau qui l'eût accusé ;
Mais il a senti que son terme est proche,

Avant de finir il est revenu
Toucher une fois ce morceau de pierre ;
Les anciens sont morts, il est inconnu,
Qui regarde un gueux dans un cimetière ?

Et ses vieux genoux lassés et raidis
Au bord du chemin dans l'herbe se plient,
Et ses vieilles mains aux doigts engourdis
Font le geste saint des mains qui supplient,

Et sa pauvre voix répète le nom
Mainte et mainte fois, comme une prière ;
Un peu de lueur reparaît au fond
De ses yeux ternis et morts de misère.

Celle qu'il aima, celle qui l'aimait
A disparu là, sa force et sa joie !
Ah ! comme il est vrai qu'un malheur commet
Les fautes de ceux que son chagrin broie !

Mais à travers tout il s'est souvenu :
Les ans, les longs ans, les lentes années
Qui l'ont fait un vieux fragile et chenu,
Les saisons de vie au hasard traînées,

Le chaos des jours perdus et gâchés,
Les hauts et les bas dans les grandes villes,
Les efforts de plus en plus relâchés,
Les fiertés de jour en jour plus débiles,

L'engourdissement épais des remords,
Le besoin croissant de stupeur, de rêve,
La paresse vague et morne du corps,
Et le long déclin qu'une faute achève,

La révolte morte avec tout espoir,
Le sort accepté, puis la main tendue,
Et le parti pris de laisser déchoir
Sa vie à présent finie et perdue,

Puis le long exil sur le grand chemin,
La fuite sans fin par vent et par neige,
Les nuits sans refuge et les jours sans pain,
Et les aboiements des chiens pour cortège ;

Le lugubre amas de ce noir passé,
Décombres d'une âme et d'une existence,
Sous tout son débris n'a point effacé
Ces jours où son cœur connut l'espérance !

Tout au fond de lui reste un souvenir,
Au fond de sa lourde et longue misère,
Qui, sans qu'il le sût, a fait revenir
Ses pas vagabonds vers ce coin de terre.

De rauques hoquets et de sourds sanglots
Étranglent sa voix, cassent sa poitrine ;
Ses yeux ranimés répandent à flots
Des pleurs dont son creux regard s'illumine ;

Son visage trouble et flétri reprend
Une expression presque noble et ferme,
Qui brise l'épais masque indifférent
Où son désespoir dégradé s'enferme.

Sa plainte s'apaise, et, très doucement,
Ainsi qu'un enfant sur sa mère, il pleure ;
Un ramier reprend son roucoulement
Dans le tilleul proche ; et déjà c'est l'heure

Où le soleil bas, prêt à se coucher
Dans le marais rouge au fond de la plaine,
Cesse de dorer le coq du clocher ;
Entre les longs buis une brume traîne ;

Les ombres des ifs, des stèles, des croix,
Sur le sol éteint se sont réunies ;
Et les marbres blancs, brusquement plus froids,
Blêmissent parmi les branches brunies ;

Du clocher descend l'Angelus du soir,
Et près du coq luit l'or d'une faucille ;
Le bedeau, hargneux sous son bonnet noir,
Crie à rude voix qu'on ferme la grille.

Le vieillard surpris cesse de gémir,
D'un effort pénible et roide il se dresse ;
Longeant les tombeaux pour se soutenir,
Fantôme voûté dans le jour qui baisse,

Se portant à peine, il sort de l'enclos
Où le sacristain soupçonneux l'écoute
Descendre en buttant, avec maint repos,
Le rude escalier qui mène à la route.

III.

Alors seulement sentant qu'il a faim,
A pas trébuchants ainsi qu'un homme ivre,
Il va demander un morceau de pain,
Puisque son vieux corps continue à vivre.

Au premier marteau il s'en va frapper
Du geste accablé dont il a coutume ;
Tout à coup il sent sa main se crisper,
Et son cœur noyé d'un flot d'amertume ;

Ce marteau de cuivre il le reconnaît,
C'était sa maison, la maison heureuse !
Ce sont les volets, c'est le jardinet,
L'ancienne glycine, encor plus rameuse !...

Il voudrait s'enfuir, il ne peut bouger ;
La faim, la faiblesse étreignent sa honte ;
Lorsqu'on ouvre, il dit qu'il voudrait manger,
Il voit l'escalier qu'un jeune enfant monte ;

8*

S'appuyant au mur et sur son bâton,
Il attend, geignant, tremblant, à la porte,
Les yeux inquiets, le pauvre croûton
Qu'en chantant un air la servante apporte.

Les frais écoliers qui vont au logis,
Retrouvant le vieux, se mettent à rire ;
Il tourne vers eux ses lourds yeux rougis,
Pleins du long regard d'un chien qui expire,

Si terriblement navrés que d'un coup
La gaîté se meurt, et hors de la bande,
L'un d'entre eux s'avance et lui donne un sou ;
Il dit humblement : « Le ciel vous le rende ! »

Lentement, alors, traînant ses pieds las,
Sans se retourner, il part vers la plaine ;
Il ira dormir dans le bois là-bas,
Au fond d'un hallier, contre un tronc de chêne.

Sa route sans fin va recommencer,
Sans repos, sans lit, sans un jour de trêve,
Et l'Hiver est là qui viendra glacer
Les longs cieux brumeux que la grêle crève.

Il sait qu'il mourra bientôt, ramassé
Près d'un hôpital, si Dieu le protège,
Sinon, loin de tous, au bord d'un fossé,
Parmi des cailloux ou sur de la neige.

TABLE

TABLE

Achevé d'imprimer

LE 15 AOUT MCMXII

par

L. DANEL

à

LILLE.

www.ingramcontent.com/pod-product-compliance
Ingram Content Group UK Ltd.
Pitfield, Milton Keynes, MK11 3LW, UK
UKHW050120110726
13657UKWH00007BB/563